L'IMPRIMERIE

A

TOULOUSE

AUX XVᵉ, XVIᵉ ET XVIIᵉ SIÈCLES

PAR

LE Dʳ DESBARREAUX-BERNARD.

SECONDE ÉDITION.

TOULOUSE

IMPRIMERIE DE A. CHAUVIN,

RUE MIREPOIX, 3

1868

Louis in XVᵉ siecle fault = very nota p. 136

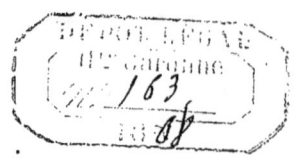

L'IMPRIMERIE

A

TOULOUSE

AUX XVe, XVIe ET XVIIe SIÈCLES

PAR

LE Dr DESBARREAUX-BERNARD.

SECONDE ÉDITION.

TOULOUSE
IMPRIMERIE DE A. CHAUVIN,
RUE MIREPOIX, 3
—
1868

Q

L'IMPRIMERIE A TOULOUSE

AUX XVᵉ, XVIᵉ ET XVIIᵉ SIÈCLES.

AVANT - PROPOS.

LA QUESTION DES DEUX THOLOSA.

> ... Rien de plus commun , surtout dans
> cette partie (la recherche des incunables) ,
> que de se fourvoyer , même en jurant *in
> verba magistri.*
>
> (GABRIEL PEIGNOT.)

Les erreurs des savants ont cela de fâcheux que,
protégées par un nom célèbre , elles sont souvent
acceptées de confiance comme une opinion faisant
autorité. La question que nous allons étudier pour-
rait, au besoin, servir de preuve à cette assertion.

Cette question , la voici :

Les livres du quinzième siècle, portant la souscription de *Tholosa* ou *Tolosa*, ont-ils été imprimés
à *Tholosa* de France ou à *Tolosa* d'Espagne?

Dès 1848 , à propos du premier livre imprimé à

Toulouse (1), au quinzième siècle, avec date certaine, nous appuyâmes de preuves nouvelles les arguments déjà présentés en faveur de notre cité par feu M. le marquis de Castellane (2).

Parmi les considérations que nous fîmes valoir, il en était une, à notre avis, sans réplique.

Nous disions : « Pour tous ceux qui connaissent la » manière dont l'imprimerie s'est propagée et répan- » due en Europe, n'est-il pas évident que les uni- » versités, ces ferventes agglomérations d'hommes » lettrés et de jeunes gens avides d'apprendre (3),

(1) *Quelques recherches sur les débuts de l'imprimerie à Toulouse.*

(2) *Essai de catalogue chronologique de l'imprimerie à Toulouse.* Toulouse, 1842.

(3) Odde Triors, dans ses *Joyeuses recherches de la langue tolosaine* (Tolose, 1578, p. 6), fait ainsi le dénombrement de la population de l'université de Toulouse au XVIe siècle : « ... Il ne nous » a semblé impertinent, *imò* fort louable, et conforme à raison, » mettre la main à un tel œuvre, œuvre (dis-je), autant bon, utile » et nécessaire, voire de conséquence pour ceste noble cité, et » qui conserve son honneur autant que chose du monde, et ce à » cause d'une tant brave, gentille, gaillarde, escarabillade et dis- » poste jeunesse, *nec non brusque*, comme le pet d'un dain (*sic*), » laquelle *a solis ortu usque ad occasum*, et de plusieurs au- » tres pars (*sic*) du monde vient estudier dans ses portes, à » grosses troupes, centeines, quarentenes, dozaines, dimi (*sic*) » dozaines et presques à milliers, dizaine de milliers, à milliards, » dizaines de milliards et milliasses... Laquelle *quidem sub* jeu- » nesse pendant le temps qu'elle seroit en ceste cité, et quelle » devroit estudier, bien souvent ne feroit que ravasser, songer, » turulututer, et migrobologiser sur les mots de ce climat et » pays... »

» dûrent être pour la nouvelle invention l'asile où
» elle trouva ses plus impatients propagateurs ? N'est-
» il pas présumable , dès que la renommée eut pro-
» clamé dans les écoles les merveilles de la typogra-
» phie, et surtout la rapidité miraculeuse avec laquelle
» elle pouvait reproduire les travaux de l'esprit, que
» maîtres et élèves dûrent chercher à l'envi, et par
» tous les moyens possibles , à jouir au plus tôt des
» bienfaits de cette féconde innovation?... Par con-
» séquent , Toulouse, avec ses Facultés, ses écoles,
» ses riches couvents, toute sa population de clercs,
» devait offrir aux ouvriers qui auraient voulu s'y
» établir, un champ plus vaste, un théâtre plus
» séduisant qu'une petite ville perdue dans les val-
» lées de la Navarre. »

Depuis cette époque , l'opinion de M. de Castellane et les preuves que nous avions ajoutées à sa
démonstration ont été pleinement justifiées. Nous
allons consigner ici les résultats de nos dernières
recherches.

Toutefois, — et quoique Voltaire ait dit : « On
» perd à découvrir des erreurs un temps qu'on em-
» ploierait peut-être à découvrir des vérités, » —
nous avons pensé que l'histoire de ce schisme bibliographique intéresserait le lecteur et nous permettrait,
en servant de cadre à cette étude , de mettre suc-
cessivement en relief les différentes pièces du
procès.

En 1782, Née de La Rochelle, dans son *Discours
sur la science bibliographique et sur les devoirs*

du bibliographe (1), signale parmi les difficultés que l'on rencontre pour déterminer *les éditions ancien-nes, les noms synonymes de différentes villes, qui contribuent,* dit-il, *à induire le bibliographe en erreur.* A ce sujet, et après avoir mentionné les livres signalés par Prosper Marchand, par Maittaire et Lacaille, comme ayant été imprimés à Toulouse, il ajoute : « Néanmoins il est *prouvé* qu'il y a deux
» villes du même nom : 1° celle dont on a parlé ci-
» dessus (Toulouse), où, dans ce temps-là, l'étude
» des belles-lettres, et surtout de la jurisprudence,
» étoient (*sic*) très-florissantes ; 2° une autre ville qui
» est située en Biscaye et dont le nom latin, ToLOSA,
» absolument synonyme avec celui de Toulouse en
» Languedoc, s'écrit en français ToLOSE. C'est pour-
» tant de cette ville de Biscaye *que sont sortis la*
» *plupart des livres du quinzième siècle qui por-*
» *tent le nom de Tolosa,* et si l'on y prend garde,
» on *observera* qu'ils ont *presque tous* été écrits en
» langue espagnole. »

Telle fut l'origine du débat. Et cependant, après avoir lu le passage que nous venons de citer, nous nous sommes demandé comment on avait pu se lais-ser prendre au décousu d'une pareille argumenta-tion.

Résumons la pensée de Née de La Rochelle.

_____

(1) *Bibliographie instructive,* t. X, contenant une table des livres anonymes annoncés par M. de Bure, etc. Note, p. XIX et suiv.

Il existe deux villes du nom de *Tolosa*, l'une (Toulouse) *où l'étude des belles-lettres et surtout de la jurisprudence était très florissante, et l'autre en Biscaye.*

Selon Née, ce n'est pas, remarquons le bien, de la cité française, *où florissaient les belles-lettres et surtout la jurisprudence, que sont sortis la plupart des livres du quinzième siècle;* — la plupart de ces livres, nous le verrons tout à l'heure, sont précisément des livres de jurisprudence, — *mais de la ville de Biscaye, parce que, si l'on y prend garde, ils ont presque tous été écrits en espagnol.*

Voilà le grand mot lâché! *Ils ont presque tous été écrits en espagnol!* Et parce que Née de La Rochelle a eu sous les yeux deux ou trois ouvrages en espagnol souscrits du nom de *Tholosa* (1), on doit en conclure que les ouvrages en latin, en français, etc., souscrits de la même manière, ont été imprimés à *Tolosa* de Biscaye, et non à *Tholosa* de France!

Si Née de la Rochelle se fût donné la peine de rechercher, comme l'a fait depuis M. de Castellane, et comme nous l'avons fait nous-même, les livres du quinzième siècle portant le nom de *Tholosa*, ou renfermant les indications caractéristiques de cette

(1) L'un de ces ouvrages, dont il avait relevé le titre dans Prosper Marchand, était le *Pèlerinage de la vie humaine*, de Guillaume de Guilleville, traduit en espagnol par Vincent Mazuello, et l'autre, qu'il avait vu chez le duc de Saint-Aignan, *la Coronica de Espana*, par Diego de Valera.

provenance (1), il aurait *observé* que sur cinquante et quelques ouvrages , dont nous possédons aujourd'hui les titres , six *seulement sont écrits en espagnol* (2), trente-six en latin (3), onze en français, un en roman et un en catalan.

Nous avons donc le droit de dire à Née de La Rochelle : Vous vous êtes trompé ; *la plupart des livres imprimés au quinzième siècle , qui portent le nom de Tholosa*, n'ont pas été PRESQUE TOUS *écrits en espagnol ;* votre argument est sans valeur et dès lors vous devez restituer à *Tholosa* de France, *où l'étude des belles-lettres et surtout de la jurisprudence était très-florissante*, les livres dont vous lui contestiez à tort l'impression.

Et puis , enfin , qu'y a-t-il donc de si extraordinaire à voir sortir des presses toulousaines la réimpression de *La Coronica de Espana*, et la traduction, en langue espagnole , de quelques livres en vogue alors parmi les lettrés de l'Europe, lorsqu'on se rappelle le grand nombre de professeurs originaires d'Espagne (4) qui ont appartenu à l'université de

---

(1) **Si le travail** commencé par M. de Castellane, et continué par nous, eût été entrepris à l'époque où écrivait Née de La Rochelle, c'est-à-dire avant la Révolution , il eût bien certainement donné des résultats dont nous ne pouvons aujourd'hui calculer la portée.

(2) *Boecio, de Consolacion. La Coronica de Espana. La Linda Melosyna. El Peregrinage de la vida humana. Fabulas de Esopio, Dialogo de S. Gregorio.*

(3) La plupart traitent de jurisprudence.

(4) Citons, entre autres, Raymond de Sebonde, Guillerin Gorris , Sanchez , etc.

Toulouse et la quantité d'écoliers du même pays qui, suivant nos meilleurs historiens, affluaient au quinzième et au seizième siècle dans la docte Toulouse, *Tholosa docta*, comme on l'appelait alors?

Du reste, la manière dont Née de La Rochelle termine sa fameuse note atteste, à la fois, l'incertitude dans laquelle il était sur la question qu'il venait de soulever et son ignorance des documents indispensables à la discussion. Voici ses propres paroles : « Je » ne me rappelle aucune édition de Toulouse dont » la date soit de cette antiquité, — *La Coronica*, imprimée en 1489. — Cependant, je ne puis finir » cette note sans parler d'une édition très-ancienne, » sans date (le *Legenda aurea*, Jacobi de Voragine), » mais que je suppose avoir été réellement imprimée » à Toulouse en Languedoc, vers 1475. » Vers 1475! Malgré la double erreur contenue dans ces lignes (1) l'instinct du bibliographe, à défaut de science, le ramenait dans le droit chemin.

Cependant, si Née de La Rochelle avait su alors, — il le sut plus tard, — que le *Legenda aurea* était sorti des presses de ce même Jean Parix qui, vers la même époque, en 1489, imprimait, sous le titre de *La Linda Melosyna*, la traduction espagnole de l'*Histoire de Mélusine*, il n'aurait peut-être pas concédé aussi facilement à Toulouse l'impression de *La Légende dorée*.

---

(1) Le premier livre imprimé, avec date certaine, est de 1476, et le *Legenda aurea* n'a pu être imprimé que vers 1489.

Quoi qu'il en soit, Née de La Rochelle croyait fermement que, durant les dernières années du quinzième siècle, les deux villes du nom de *Tholosa* possédaient des imprimeries.

En 1805, La Serna Santander, dans son *Dictionnaire bibliographique du quinzième siècle*, formulait la même opinion en disant : « qu'il était » difficile de distinguer d'une manière certaine les » éditions de cette époque portant le nom de TOLOSA, » et de distinguer avec assurance celles qui ont été » exécutées à Toulouse, capitale du Languedoc, et » celles qui l'ont été à TOLOSA capitale du Guipuscoa en Espagne. C'est ce qui m'a déterminé, con» tinue-t-il, à placer dans le même article ce qui » appartient à l'histoire typographique de ces deux » villes, *quoique la plupart de ces impressions* » *soient des ouvrages en espagnol, et doivent par* » *conséquent être réputés faits à Tolosa en Es-* » *pagne.* »

On le voit, La Serna, qui a tout bonnement copié Née de La Rochelle, n'était pas mieux fixé que lui sur la question. De la part du savant bibliographe, la difficulté qu'il met en avant est d'autant plus surprenante qu'il ne la discute pas et qu'il l'abandonne après l'avoir simplement exprimée.

Aussi Née de La Rochelle, dans ses *Recherches sur l'établissement de l'art typographique en Espagne* (1830), est-il étonné que sous le prétexte de l'homonymie des deux cités, *M. de La Serna Santander se soit décidé à placer dans le même article ces deux villes. Il avait en sa possession, ajoute-t-il, beaucoup de monuments typographiques et devait avoir assez d'expérience pour distinguer une édition faite en France d'avec celles exécutées en Espagne... En outre, les ouvrages écrits en langue espagnole ne peuvent avoir été imprimés à Toulouse de France.*

Quoi qu'en dise Née de La Rochelle, La Serna Santander n'avait pas en sa possession les monuments typographiques propres à fixer son indécision. Cela est si vrai, qu'il ignora toujours l'existence des ouvrages imprimés à Toulouse dès 1476, et que, pour lui, le premier livre imprimé à *Tolosa* ou à *Toulouse* était le *Tractatus de Jure emphyteotico,* qui porte la date de 1479.

La Serna a sauté à pieds joints par-dessus la difficulté. On comprend son embarras, Espagnol et né en Biscaye (1), son esprit se refusait à croire que des livres, imprimés en espagnol et portant sur leurs frontispices le nom d'une ville espagnole, eussent été imprimés dans une ville française.

D'un autre côté, le silence gardé sur les productions typographiques de la capitale du Guipuscoa, par deux savants bibliographes, ses compatriotes, —

(1) A Colindres. Il avait fait ses premières études au collège de Villagarcia, alors dirigé par les Jésuites. La suppression de cet ordre l'obligea de renoncer au plan de vie qu'il avait adopté. A l'âge de vingt ans, il se rendit à Bruxelles, près de son oncle, don Simon Santander, ancien secrétaire du roi Catholique et bibliographe très-instruit (Michaud).

Mendez et Caballero, — était bien fait pour lui im-
poser l'éclectisme dans lequel il se renferma.

De la part d'hommes aussi consciencieux, ce
silence était une grave présomption. Leurs ouvrages,
publiés au dix-huitième siècle (1), ne mentionnent
aucun livre sorti des presses de *Tolosa* de Biscaye ;
mais, chose digne de remarque, l'on trouve dans
Caballero un argument puissant en faveur de *Tholosa* de France. Cet auteur, page 20, après avoir
signalé l'existence d'un exemplaire du *Scotus pauperum, in bibliotheca Casanatensi* (2), — ouvrage
édité par un célèbre professeur en théologie de l'université de Toulouse, Guillerin Gorris d'Aragon, —
termine ainsi sa description : « Est volumen in-4°,
» sine typographo et anno : *Locus Tolosa videtur*
» *fuisse in cujus academia theologia Guillerinus*
» *profitebatur.* »

La conclusion à tirer de tout ceci, c'est que les
bibliographes espagnols, bien autrement intéressés
que nous dans la question, n'avaient jamais pensé à
la soulever, tandis que des bibliographes français,

---

(1) Mendez (Franc.), *Tipografia espanola, o Historia de la in-
troducion, propagacion y progressos del arte de la imprenta en
Espana.* Madrid, 1796, in-4°.

Caballero (Raym. Diosdado). *De prima typographiæ hispanicæ
ætate specimen.* Romæ, 1793, in-4°.

(2) Le cardinal Joseph Casanate, bibliothécaire du Vatican sous
Léon XII, laissa sa riche bibliothèque aux Dominicains du couvent de la Minerve, avec un revenu de 4,000 écus romains. Les
Pères, par reconnaissance, ont placé, dans la bibliothèque même,
la statue du cardinal, faite par Legros.

peu soucieux de la gloire nationale , — *immemores
patriæ*, — après avoir créé la difficulté , l'ont témé-
rairement défendue sans en avoir compris l'inanité.

L'auteur du *Manuel du libraire* , M. J.-Ch. Brunet, qui n'avait pas les mêmes motifs d'indécision
que La Serna Santander, n'a pu échapper, lui non
plus, à cet entraînement. Et cet entraînement a été
d'autant plus fâcheux qu'il a singulièrement modifié
l'opinion émise d'abord par l'éminent bibliographe
sur la question des deux *Tholosa*.

Dans l'édition du *Manuel*, publiée en 1814, à propos de l'*Imitation* imprimée en 1488 , à Toulouse,
par H. Mayer, il disait (1) : « On sait qu'Henric
» Mayer imprima des ouvrages latins et castillans
» dès 1480 (2) ; mais était-ce à Toulouse en Lan-
» guedoc ou à Tolosa en Espagne qu'il faisait sa
» demeure ? c'est ce qu'il était difficile de décider
» positivement, quoique les ouvrages castillans sortis
» de ses presses semblassent indiquer de préférence

---

(1) T. II, p. 156 et 157.

(2) Dans sa *Notice sur les imprimeurs qui ont existé et qui existent
en Europe* (Paris, 1843, in-8o) , M. Ternaux-Compans a reproduit ,
avec quelques variantes , l'opinion émise par M. Brunet dans les
premières éditions de son *Manuel*. M. Ternaux-Compans a même
été plus loin , en déclarant *qu'il fallait attribuer aux presses toulousaines tous les livres , même espagnols, qui depuis 1480 portent le
nom de Mayer*.

M. Brunet , et M. Ternaux-Compans à sa suite, se trompent en
fixant à l'année 1480 la date des premières impressions de Mayer :
le premier ouvrage connu , imprimé par ce typographe , porte le
millésime de 1488.

» une ville d'Espagne. *La découverte de cette édi-*
» *tion de l'Imitation* LÈVE TOUS LES DOUTES A CET
» ÉGARD, et assure à la ville de Toulouse une place
» parmi celles qui ont vu exercer dans leur sein l'art
» typographique peu de temps après son introduc-
» tion en France. »

Dans les éditions du *Manuel* de 1842 et 1860,
M. Brunet s'est départi de son affirmation et a rem-
placé cette phrase : *La découverte de cette édition*
de l'Imitation LÈVE TOUS LES DOUTES A CET ÉGARD,
et assure à Toulouse, etc., par celle-ci : *La décou-*
verte de cette édition de l'Imitation, SANS LEVER
TOUS LES DOUTES A CET ÉGARD, *permet pourtant à la*
ville de Toulouse, etc. : ce qui est bien différent.

Nul, mieux que M. Brunet, cependant, n'a été en
position DE LEVER TOUS LES DOUTES A CET ÉGARD. Son
Manuel renferme, depuis longtemps, la description
des livres imprimés par Mayer, et il lui eût été facile,
à l'aide d'un simple rapprochement de date, de mettre à néant le raisonnement spécieux de Née de La
Rochelle et de La Serna Santander.

Voici, par ordre de date, les ouvrages signés par
Mayer, et dont nous avons pu, jusqu'à ce jour, relever les titres :

1° *Summuli magistri Joannis.* — 20 avril 1488.
Non mentionné dans le *Manuel.*

2° *La Ymitacion de Jesu-Christ.* — 28 mai
1488.

3° *Boecio, de Consolacion.* — 4 juillet 1488.
Non mentionné dans le *Manuel.*

4° *Th. Valois et Nic. Triveth in libros B. Augustini de Civit. Dei.* — 22 octobre 1488.

5° *La Coronica de Espana* (en espagnol). — 1489.

6° *Subtilissimi doct. patris francisci Maronis* (Mayronis) *in cathegorias Porphyrii*, etc.— 20 septembre 1490. Non mentionné dans le *Manuel.*

7° *El Peregrinage de la vida humana* (en espagnol). — 1490.

8° *El libro de proprietatibus rerum.* — 18 septembre 1494.

En examinant attentivement la date de ces divers ouvrages, M. Brunet en eût conclu qu'ils avaient évidemment été imprimés dans la même ville.

Tout le monde aurait compris, — et il n'aurait pas eu besoin de les énumérer, — le nombre et le genre de difficultés à surmonter, à cette époque, pour qu'il fût possible au même imprimeur de faire marcher ses presses dans des localités diverses et, à plus forte raison, dans des pays différents.

Il aurait fait remarquer que Mayer imprimant, le 28 mai 1488, à *Tholouze,* la traduction française de l'*Imitation de Jésus-Christ,* — et par conséquent, dans la même ville, le 22 octobre de la même année, des commentaires, en latin, sur la *Cité de Dieu* de saint Augustin, — ne pouvait pas, quelques mois après, en 1489, imprimer à *Tolosa* de Biscaye *La Coronica de Espana,* une pareille supposition étant tout à fait inadmissible.

Il eût ainsi démontré que Mayer n'avait qu'un seul

2

établissement, et que cet établissement était à *Toulouse* (1). Est-il supposable, en effet, si Mayer faisait rouler ses presses en Espagne, qu'il eût songé à publier un livre français avant d'avoir mis au jour un seul livre espagnol ?

Quoi qu'il en soit, Née de La Rochelle, La Serna Santander et M. J.-Ch. Brunet, fascinés, en quelque sorte, par les livres écrits en espagnol (2), se sont

(1) Dans notre petit travail sur *la première édition du* Vita Christi *al lenguatge de Tholosa* imprimida à Tholosa (vers 1520) *chez Mondeta Guimbauda derelicta de Joan. Faure, demorant en la rue Dagulheres*, nous disions, en parlant des deux grandes vignettes sur bois qui ornent ce volume : « Ces vignettes nous » donnent à penser que Henri Mayer habitait la rue Dagulhères, » que Jean Faure lui succéda et que, plus tard, Mondete Guim- » baude, veuve de Jean Faure, ayant retrouvé les vieux bois de » la *Ymitacion*, en changea les légendes et les accommoda afin » d'*illustrer*, comme on dit aujourd'hui, son édition de *la Vida de* » *Nostre Salvador et redemptor Jhesuchrist.* »

(2) M. Gustave Brunet, dans son *Dictionnaire de Bibliologie catholique* (*a*), nous a donné aussi son mot sur la question que nous traitons ici. Après avoir cité cinq ouvrages, souscrits du nom de *Tholosa*, — trois en latin, un en catalan et un en espagnol, — Il termine ainsi : « Il est vraisemblable que ces ouvrages » furent imprimés en Espagne, et non en France; car il aurait » fallu, pour les écouler, les transporter au delà des Pyrénées, » chose difficile à une époque où les communications étaient très- » peu faciles, des guerres fréquentes s'opposant d'ailleurs aux » relations internationales. »

Nous ne discuterons pas sur la valeur de l'objection ; mais M. Gustave Brunet conviendra que si *les bibliophiles toulousains, dont on comprend facilement,* suivant lui, *quelle a été l'opinion,* n'avaient pas présenté d'argument plus topique, ils auraient in-

(*a*) Paris, 1860, col. 888, note 144.

crus en droit d'admettre *Tolosa* de Biscaye au nombre des villes qui, vers la fin du quinzième siècle, possédèrent des imprimeurs. Malgré cette considération, devenue pour eux une idée fixe, ils se gardèrent bien de déshériter Toulouse en faveur de Tolosa, et de n'attribuer à ses presses *que deux ou trois ouvrages* imprimés à l'extrême limite du siècle, en 1499 et en 1500.

Cette opinion, tout à fait erronée, a cependant été émise devant l'Académie de Marseille, en 1851, dans un mémoire qui ne parut que fort longtemps après, et dont voici le titre : *Examen critique d'un opuscule intitulé* : QUELQUES RECHERCHES SUR LES DÉBUTS DE L'IMPRIMERIE A TOULOUSE , *par M. Desbarreaux-Bernard*, par M. L.-J. Hubaud. Marseille, 1858.

Cet académicien ayant trouvé, dans la bibliothèque de Marseille, un des six ouvrages espagnols que nous citions tout à l'heure , — *La Coronica de Espana,* imprimée en 1489, à *Tholosa*, par Henri Mayer, — était convaincu, lui aussi, qu'un livre espagnol, souscrit ainsi, ne pouvait avoir été imprimé qu'en Espagne.

Partant de ce principe, il en conclut que Mayer faisait rouler ses presses à *Tolosa* de Biscaye, et que l'on doit considérer comme imprimés dans cette ville tous les livres signés par cet habile typographe.

M. Hubaud va plus loin, et à la suite d'une dis-

contestablement mérité la petite pointe d'épigramme qu'il leur a décochée.

cussion dont nous nous garderons bien d'imiter l'âpreté, il déclare que *la Ymitacion de Jesu-Christ* même, — cette première traduction française de l'œuvre d'a-Kempis, — datée de Tholose, 1488, a été imprimée par Mayer à *Tolosa* d'Espagne.

C'est toujours, on le voit, le dilemme de Née de La Rochelle : les livres espagnols qui portent le nom de *Tolosa* ne peuvent avoir été imprimés qu'en Espagne ; Mayer imprimait *La Coronica* de Diego de Valera, en 1489, à *Tolosa* d'Espagne : donc il n'a pas pu imprimer, en 1488, à *Tholose* de France, l'*Imitation de Jésus-Christ*.

Quelque saisissant qu'il paraisse, ce raisonnement n'est que spécieux ; aussi nions-nous formellement la majeure, et pour montrer à notre adversaire la déférence que nous avons pour ses avis, nous produirons nos preuves en suivant les indications formulées par lui-même.

Page 34 de sa brochure, M. Hubaud s'exprime ainsi : « Celui qui voudra maintenir que l'*Imitation*
» *de Jésus-Christ* a été imprimée à Toulouse devra
» fournir des preuves, datées de l'époque, comme
» quoi : 1° c'était dans la capitale du Languedoc que
» Henri Mayer faisait rouler ses presses... »

Soyez satisfait, M. Hubaud : *ces preuves datées de l'époque*, les voici.

Il existe à Madrid, dans la bibliothèque du ministère *de Fomento* (1), une traduction de Boèce en

_____

(1) M. Salva, de Valence, en possède, dit-on, un autre exemplaire.

langue espagnole, dont voici le titre et la souscription finale : *Boccio de consolacion tornado de
latin en rromance por el muy reverendo padre
fray Anton Ginebreda maestro en la santa theologia de la orden de los predicadores de Barcelona.*

A la fin de la seconde colonne de la dernière page,
on lit : *Aqui fenece el libro de consolacion de Boe-
cio | el qual fue impreso en Tolosa de* FRANCIA |
*por maestro Enrique Mayer alimam | e acabose a
quatro dias del mes de julio.* Ano del nascimento
de ntro. senor ihuxpo | de *Mill | e quatrocientos |
e ochenta | e ocho anos* (1488).

Imprimé *à Tholosa* DE FRANCE! entendez-vous,
M. Hubaud? et par Henri Mayer! précisément la
même année et deux mois après qu'il eut publié
l'*Imitation de Jésus-Christ*, à propos de laquelle
vous vous écriez, page 31 : « La fameuse *Imitation*
» *de Jésus-Christ*, ce palladium sous lequel s'abrite
» M. Desbarreaux, qui porte la *souscription déci-*
» *sive de Tholose.* Oui, *décisive*, non pas en faveur
» de Toulouse en Languedoc, comme il l'entend,
» mais en faveur de *Tolosa* dans la Biscaye. »

N'est-ce pas le cas, ou jamais, de dire avec
M. Nisard (1), *que trop de critique mène souvent
à peu de critique* (2).

_____

(1) *Poëtes latins de la décadence*, t. Ier, p. 60.

(2) Nous profiterons nous-mêmes de la leçon et nous laisserons
désormais M. Hubaud méditer en paix sur la souscription finale
du Boecio, EL QUAL FUE IMPRESO EN TOLOSA DE FRANCIA ! Nous
nous permettrons seulement de reproduire une note (page 36),

Cela est si vrai, et l'aveuglement de M. Hubaud est tel, relativement à cette pauvre *Imitation*, qu'il n'a pas craint de s'inscrire en faux contre l'opinion de feu M. Van Praet. Quoique indécis sur la question des deux *Tholosa* (1), l'érudit bibliothécaire

d'après laquelle notre critique rend, en quelque sorte, l'Académie des sciences de Toulouse, solidaire de notre ignorance.

» On compte dans l'Académie de *Toulouse* plusieurs personnes,
» y compris *M. Desbarreaux-Bernard*, d'un mérite incontestable
» dans les sciences, la littérature et l'histoire ; mais, selon toute
» apparence, aucune qui se soit occupée sérieusement de biblio-
» graphie, quoique *Toulouse* soit la résidence d'amateurs distin-
» gués, possesseurs de riches et nombreuses bibliothèques. Mais
» le plus grand bibliophile n'est pas, pous cela seul, bon biblio-
» graphe. Sans cette supposition, *l'opuscule de M. Desbarreaux*
» n'aurait pas passé sans être soumis à un contrôle sévère. » Si
nous étions le moins du monde malicieux, nous n'aurions qu'à
substituer *Marseille* à *Toulouse*, *M. Hubaud* à *M. Desbarreaux-Bernard*, pour nous donner le plaisir de battre notre adversaire
avec ses propres armes.

(1) Cette indécision, du reste, était généralement partagée, au
commencement du siècle, par nos plus illustres bibliographes,
et Alexandre Barbier, comme l'avait fait La Serna Santander et
Van Praet, consacra lui aussi, par l'autorité de sa parole, l'erreur
avancée par Née de La Rochelle.

A propos de l'*Imitation*, Alex. Barbier s'exprime ainsi : « Le
» nom du traducteur n'est pas connu; celui de Henri Mayer *lève*
» *en grande partie* les incertitudes qui existaient sur la question
» de savoir si plusieurs éditions, datées de Tholose, appartien-
» nent à Toulouse, capitale du Languedoc, ou à Tolosa, capitale
» de la Guipuscoa (*sic*), en Espagne. » (*Dissertation sur soixante
traductions françaises de l'Imitation de Jésus-Christ*. Paris, 1812;
in-12, p. 3.)

Citons encore, pour compléter ce tableau, ces lignes de Gabriel
Peignot : « Il ne faut point confondre cette *Toloza* avec une autre

n'hésite pourtant pas à regarder l'*Imitation* comme ayant été imprimée à Toulouse. Voici comment il s'exprime, t. Ier, p. 198-99 de son *Catalogue des livres imprimés sur vélin :* « On n'a pu décider en-
» core si cette édition est de *Tolose* en Espagne ou
» de *Toulouse* en France ; et ce n'est pas précisé-
» ment parce que ce livre est imprimé en français
» qu'on peut le soupçonner d'avoir vu le jour dans
» cette dernière ville, quoique l'imprimeur alle-
» mand, Henri Mayer, ait imprimé plusieurs ou-
» vrages en espagnol, mais c'est à cause que cet im-
» primeur, en s'établissant dans une ville si voisine
» de l'Espagne, et où son université si célèbre atti-
» rait un grand nombre d'étudiants espagnols, dut
» avoir un débit prompt et assuré de livres exécutés
» dans la langue de leur pays. »

A cela, **M. Hubaud** répond : « Que les étudiants
» espagnols, ayant chez eux l'université de Sala-
» manque, beaucoup plus célèbre, bien plus riche-

» *Toloza,* qui signifie Toloze, petite ville de Biscaye à quinze
» lieues sud-ouest de Bayonne. Cette conformité du nom latin a
» fait donner dans l'erreur Prosper Marchand, Caille (*sic*) et Mait-
» taire, qui ont présenté les éditions comme venant de Toulouse,
» tandis qu'elles ont été imprimées à Toloze, ville d'où sont sor-
» tis la plupart des livres du 15e siècle qui portent Toloza. Ces
» livres sont presque tous écrits en langue espagnole. » *Dictionnaire raisonné de Bibliologie*, t. II, p. 445).

Comme La Serna, il a copié, sans le citer, Née de La Rochelle.

Nous avons emprunté notre épigraphe à Gabriel Peignot. Qu'on veuille bien la relire, et l'on verra que, joignant l'exemple au précepte, *il se fourvoie lui-même en jurant in verba magistri.*

» ment doté que celle de Toulouse, et où quatre-
» vingts professeurs, sans compter bon nombre de
» prétendants, enseignaient la théologie, le droit
» civil et le droit canon, la médecine, la philosophie,
» les langues et les belles-lettres, fréquentée par
» quatre mille, cinq mille, et jusqu'à sept mille éco-
» liers ; que ces étudiants espagnols, dit-il, n'étaient
» pas tentés de traverser les Pyrénées pour aller faire
» leurs études dans une ville où il ne leur était loi-
» sible de pénétrer qu'en vertu d'autorisations du
» gouvernement français, etc... L'université de Sala-
» manque, ajoute-t-il, avait besoin de livres pour
» l'enseignement ; d'où les tirait-elle ? Ce n'était pas
» de Toulouse, mais de Valence, de Barcelone, de
» Saragosse et de *Tolosa*. »

De Valence, de Barcelone et de Saragosse, passe ;
mais de *Tolosa !* Hé quoi ! des imprimeurs auraient
été s'établir dans une petite ville de la Biscaye, à
peine peuplée de cinq mille habitants, ne possédant
aucun établissement d'instruction supérieure, quand
ils avaient à leur portée une université considérable,
illustre par ses quatre-vingts professeurs, sans compter les prétendants, et fréquentée par sept mille écoliers !!! C'est difficile à croire.

Cependant nous acceptons, sans réserve, les détails donnés par M. Hubaud concernant l'université
de Salamanque ; mais à la condition qu'il acceptera,
tout aussi galamment, la description de l'université
de Toulouse, telle que nous l'a transmise un con-
temporain.

Gabriel de Minut, ce peintre chaste mais téméraire des charmes voilés de la Belle Paule, discourant des quatre choses dignes d'être remarquées dans Toulouse, s'exprime ainsi sur la troisième : « La troi- » sième estoient les études, où l'on enseigne la loy » civile et pontificale, où il y a trois salles aussi » belles, grandes et spacieuses, et aussi bien basties, » compassées et commodes, qu'il y ait en quelque » part que l'on sache aller. Et là où aussi l'on a » veu autrefois (comme de ce estant tesmoing ocu- » laire i'en peux faire foy) dix mille escoliers tant de » ceux du païs, que d'autres plusieurs et divers lieux, » et fort loingtains, estudians en la jurisprudence, » sous la doctrine de six docteurs aussi doctes que » résolus jurisconsultes, qu'ils en fussent en toute » l'Europe (1). »

Si le grand nombre d'étudiants qui fréquentaient alors les universités leur dispensait la célébrité, Toulouse, à cet égard, l'eût emporté sur Salamanque. Mais n'ayant, afin de pourvoir à l'enseignement de ses dix mille écoliers, que six professeurs, elle dut s'incliner devant le luxe inouï de sa rivale, qui, *bien plus richement dotée*, pouvait suffire à l'entretien de *quatre-vingts professeurs, sans compter bon nombre de prétendants*, n'ayant sous leur direction qu'un personnel d'auditeurs beaucoup plus restreint.

(1) *De la beauté, discours divers ; avec la Paule-graphie*, par Gabriel de Minut. Lyon, Barthélemi Honorat, 1587, petit in-8°, p. 249.

La morale de la fable, la voici : Gabriel de Minut et M. Hubaud, nés sous le chaud soleil du Languedoc et de la Provence, par conséquent amis de l'hyperbole, ont exagéré, l'un le nombre des disciples, l'autre celui des maîtres. Hyperbole pour hyperbole, nous avons bien le droit de préférer celle de Minut, qui voyait les choses de ses propres yeux, à celle de M. Hubaud, qui a écrit à distance et un peu, sans doute, pour les besoins d'une mauvaise cause. Aussi toutes nos sympathies demeurent-elles définitivement acquises à ces six professeurs *doctes et résolus*, fort mal rétribués d'ailleurs, et qui prodiguaient chaque jour le pain de la science à leurs dix mille écoliers, accourus, pour les entendre, des quatre coins de l'Europe.

L'argument victorieux que nous venons de produire en faveur de *Tholosa* de France convaincra, nous l'espérons du moins, les plus incrédules. Cependant, comme il existe des esprits obstinés, contre lesquels il faut avoir dix fois raison, nous allons corroborer nos preuves d'appréciations et de faits tous nouveaux ; en d'autres termes, nous allons mettre les points sur les i.

Avant la découverte du *Boecio*, annoncée dans le *Boletin bibliografico espanol* (num. 1. 1.° de enero de 1860), nous possédions un incunable toulousain (1) qui, à lui seul, aurait pu nous servir d'argument

(1) M. Forestié neveu (de Montauban) a bien voulu nous céder ce rare volume, qu'il avait découvert, par hasard, parmi des papiers de rebut vendus au poids !!!

péremptoire. Il est intitulé *Arrestum querele de novis dysaisinis*, et porte la souscription suivante : *Impressum Tholose juxta pontem veterem, anno Domini M.CCCC.LXXIX* (1479). Or il n'y a jamais eu de pont vieux à *Tolosa* d'Espagne (1) et *Toulouse* en a eu plusieurs. Le pont vieux près duquel demeurait l'imprimeur de l'*Arrestum querele* s'écroula en 1523. Il était situé en amont du pont neuf actuel et reliait le faubourg Saint-Cyprien à l'île de Tounis. La rue du *Pont-Vieux* existe toujours et se trouve parfaitement dans l'axe des piles ruinées encore debout au milieu du fleuve.

A ces preuves irréfragables, nous joindrons quelques documents précis qui feront disparaître le doute, si le doute était encore possible.

A une série de questions adressées à l'un des hommes les plus érudits de *Tolosa*, don Pablo Gorozabel, il répondait : que la ville de *Tolosa*, fondée vers le milieu du treizième siècle, était au quinzième de trop peu d'importance pour posséder une imprimerie; que l'imprimerie ne pénétra en Guipuscoa que vers la fin du dix-septième siècle. Le premier imprimeur qui se présenta dans la province de Guipuscoa arriva de Santander vers l'année 1650, mais dépourvu du matériel suffisant pour imprimer un livre. Ce fut un certain Martin Ugarte qui, le premier, en 1667, établit ses presses à Saint-Sébastien

---

(1) Il existe deux ponts à Tolosa : le pont de *Santa-Clara* et celui d'*Arramele*.

et qui obtint le titre d'imprimeur de la province avec
cet avantage qu'il imprimerait seul dans tout le Guipuscoa; que rien n'indique qu'il y ait eu des imprimeurs à *Tolosa* avant le milieu du DIX-HUITIÈME
siècle, et que le premier typographe qui s'y établit
fut un certain don Francisco de la Lama ; que le
nom de *Tolosa* a toujours été écrit sans *h* ; que le
nom d'*Iturissa* (1) est une corruption de *Iturizza*,
nom purement basque; qu'à la fin du quinzième
siècle il n'existait à *Tolosa* qu'une école primaire
pour les enfants des deux sexes.

D'après ces considérations puissantes, il est facile
de le voir, le nœud de la question se trouvait tout
simplement, — comme nous le disions en 1848, —
dans l'importance relative des deux cités. En effet,
admettons un instant que les six ouvrages écrits en
espagnol, seul prétexte du débat, n'aient pas existé
ou nous soient restés tout à fait inconnus, qui donc
alors aurait eu l'idée de supposer qu'une petite ville
de la Navarre, — possédant tout juste, nous venons
de le voir, une espèce d'école primaire, — ait pu
mettre au jour, peu de temps après la découverte de
l'imprimerie, les nombreux ouvrages de théologie,
de jurisprudence et de philosophie signalés ci-dessus?

Nous avons trop raison maintenant pour reproduire ici le tableau des avantages universitaires dont

---

(1) Dans notre premier travail, nous avions pris pour un nom
latin, le nom d'*Iturissa*, qui, dans Boiste, accompagne le nom de
Tolosa.

Toulouse jouissait à la même époque. Nous nous contenterons de faire observer qu'il est fort heureux pour notre cité que la date de la fondation de *Tolosa* ne puisse être contestée, car les mêmes hommes qui refusaient à Toulouse sa petite part de gloire dans la propagation de l'imprimerie au quinzième siècle, lui auraient très-certainement dénié les louanges que Martial, Ausone, Sidoine Apollinaire, etc., lui ont jadis si libéralement dispensées.

On le voit, une courte enquête, telle que celle dont nous venons de produire le résultat, aurait, sans peine et depuis longtemps, tranché la question. Les causes de la guerre, *semina belli*, n'existant plus, M. Hubaud n'aurait pas écrit son *factum* contre nous. Il est vrai que nous n'aurions pas eu la satisfaction de le lui pardonner.

PREMIÈRE PARTIE.

CATALOGUE RAISONNÉ DES LIVRES IMPRIMÉS AU XVe SIÈCLE.

L'IMPRIMERIE A TOULOUSE.

Aux XVe, XVIe ET XVIIe siècles.

PREMIÈRE PARTIE.

CATALOGUE RAISONNÉ DES LIVRES IMPRIMÉS AU XVe SIÈCLE.

> Il est impossible de faire un ouvrage bibliographique qui soit sans faute : malgré la plus sévère attention, il en échappe toujours. On ne connaît pas assez les difficultés que présentent l'histoire littéraire et la bibliographie à ceux qui les cultivent. Les travaux de ce genre sont pénibles, minutieux, sans éclat, sans gloire, sans profit aujourd'hui. Ils sont cependant utiles...
>
> (BEUCHOT.)

SIMPLE REMARQUE.

Les livres imprimés en France au quinzième siècle ont cela de particulier qu'il eût été facile, si l'on avait voulu s'en donner la peine, d'en former autant de groupes qu'il y eut alors d'imprimeurs disséminés dans quelques-unes de nos provinces.

Les avantages d'un pareil classement sont aisés à

3

déduire. La description exacte de chacun de ces groupes aurait d'abord permis de suivre pas à pas les progrès de l'imprimerie dans les principales villes du royaume ; elle aurait également démontré qu'on a trop généralisé peut-être cette pensée : *de tous les arts, l'art typographique est le seul qui ait atteint la perfection à son début ;* on se fût dès lors aperçu que les divers typographes avaient un faire tout particulier, ou, mieux encore, si le mot n'était pas trop ambitieux, une manière qui leur était propre ; si bien que l'on aurait pu, sans grande difficulté, leur restituer cette part de leurs œuvres qu'ils négligeaient si souvent de signer et de dater.

Par ce moyen, la détermination des incunables serait devenue moins difficile, et l'on aurait eu l'avantage de faire disparaître de nos traités de bibliographie cette phrase presque banale : *l'édition paraît être sortie des presses parisiennes, lyonnaises, etc.,* ou toute autre semblable.

Enfin, et comme conséquence dernière, on eût certainement tiré de l'oubli, on aurait peut-être même vulgarisé le nom de quelques savants éditeurs, typographes éminents, inconnus de nos jours, et qui attendent vainement encore un modeste souvenir de la postérité.

Dans le catalogue des incunables toulousains que nous allons présenter, nous avons mis en pratique ce système de classement. A moins d'impossibilité, nous désignerons donc par le nom d'un typographe chacun des groupes qu'il nous a été permis de former.

On comprend aisément qu'un pareil classement n'a d'utilité que pour les livres imprimés au quinzième siècle, puisque, dès le commencement du seizième, la plupart des imprimeurs prirent l'habitude, non-seulement de dater et de signer leurs livres, mais encore d'y mentionner leur adresse et jusqu'à la formule de leur enseigne.

PREMIER GROUPE. (DE 1476 A 1479.)

LES OUVRIERS DE SCHOIFFER (?).

Nº 1. Jean André ou Andréa. — *Ista est summa* (1) *Johannis Andree, brevis et utilis ordinata super secundum decretalium antequam dicant aliquid de processu judicii.* In-4º, goth., s. l. et aº, de 28 ff., le premier et le dernier sont blancs. 23, 25 ou 26 lignes aux pp. entières. Sans chiffr., réclam. ni signat. Le livre est constitué par 4 cahiers de 6 ff. et 1 de 4. La 1ʳᵉ partie occupe les 12 premiers ff. et se termine par ces mots : *Explicit summa Johannis andree, super secundo (libro) decretalium.* En tête de la 2ᵉ partie, qui commence au f. 13, se trouve le titre suivant : *Incipit summa*

(1) Dans l'impossibilité où nous nous sommes trouvé de reproduire exactement les abréviations nombreuses employées par les imprimeurs du quinzième siècle, nous avons pris le parti de les supprimer.

*Johannis andree, super quarto libro decreta-
lium.*

Le papier, épais et grisâtre, a pour filigrane *un
croissant* (pl. 1, fig. 1).

La première édition des Commentaires d'Andrea
sur les six livres des décrétales parut à Mayence en
1455. Nous ignorons si l'éditeur ou l'imprimeur toulousain a publié le commentaire des autres livres des
décrétales. Nos recherches, à cet égard, ont été
vaines (1).

N° 2. Saint Cyrille (2). — *Speculum sapientie
beati Cirilli, episcopi, alias quadripartitus apolo-
gieticus (sic) vocatus in cujus quidem proverbiis
omnis et totius sapientie speculum claret.* In-4°,
goth., s. l. et a°. Sans chiffr., réclam. ni signat.,
ayant 26 lignes aux pp. entières et renfermant 15 cahiers de 8 ff., soit 120 ff., dont le 1er est blanc (3).

M. Adry (4), décrit ainsi la fin du volume : « A la

(1) Les biographes ont reproduit, à l'envi, les titres pompeux
prodigués à Andrea dans son épitaphe ; mais la plupart d'entre
eux ont négligé de rapporter l'anecdote relative à sa fille *Novella.*
« Elle était si bien instruite dans le droit, que, lorsque son père
» était occupé, elle donnait les leçons à sa place ; mais elle avait,
» dit-on, la précaution de tirer un rideau devant elle, de peur que
» sa beauté ne donnât des distractions aux écoliers. » (Chaudon
et Delandine.)

(2) « Ce recueil d'apologues, communément attribué à saint
» Cyrille d'Alexandrie, serait, d'après une note de l'abbé Guillon,
» d'un auteur latin et récent. Voy. D. Ceillier, *Hist. des écriv. ec-
» clésiast.*, t. XIII, p. 368. » (*Cat. de la biblioth. de M. N. Yemeniz.*)

(3) V. *La chasse aux incunables*, note 1, p. 10.

(4) *Magasin encyclopédique*, 1806, t. II.

» fin du 4ᵉ et dernier livre, on trouve la table des
» fables ; plusieurs étymologies, la plupart ridicu-
» les, du mot *Apologus;* et enfin une maxime dévote
» en cinq vers. Le 120ᵉ et dernier f. n'est point
» imprimé au verso. Suit le *Speculum* de saint Ber-
» nard, imprimé avec les mêmes caractères ; et
» le cahier, qui est de 8 ff., me paraît faire corps
» avec le *Speculum* de saint Cyrille. »

Même papier, même filigrane que celui de *l'Andrea.*

N° 3. Barbatia (André) (1). — *Repetitio solemnis
rubrice de fide instrumentorum, edita per excel-
lentissimum virum et juris utriusque monarcham
divum dominum Andream Barbatiam, Siculum
Messanensem.*

*In fine : Clarissimi juris utriusque monarce
ac serenissimi regis Aragonum, etc., nobilis con-
siliarii. Do. Andree Barbatie Siculi. De fide instrumentorum solemnis repeticio Tholose est impressa. xii Calendas julii M.cccclxxvi (1476), finit
feliciter.*

In-4°, goth. de 110 ff., dont 2 blancs, un au
commencement et un à la fin, de 27 lignes aux pp.
entières. Sans chiffr., réclam., ni signat.

(1) *Andres Barbatius, seu de Barbatia,* de Sicile, célèbre jurisconsulte, enseigna, à Bologne et à Ferrare, vers l'an 1460. Il fut
surnommé, par son savoir, *Monarcha legum et lucerna juris.* Il a
donné à un de ses ouvrages, *Johannina, hoc est : lectura super
cap. Raynaldus de Testamentis,* Bononiæ, 1475, in-fol., le nom de
sa fille aînée, en quoi il suivit l'exemple du célèbre jurisconsulte
Joan. Andreas. (*La Serna,* II, n° 213.)

pap. fort, un peu fauve; pour filigrane, *la main qui bénit* — et *la roue dentée* (pl. 1, fig. 2, 3).

Le sujet de ce livre, comme nous l'avons dit ailleurs (1), est une exposition, en forme de leçon, d'un des livres du Digeste, *De fide instrumentorum,* « de la foi due aux actes. » Il paraît même certain, d'après une des phrases du début, que cette leçon de droit, cette *repetitio,* aurait réellement été faite par l'auteur à l'école supérieure de Bologne (*primario Bononiensi studio*), et devant un illustre auditoire qu'il traite fort révérencieusement de *venerandi patres,* de *domini optimi* et de *scolares præstantissimi;* et ce qui le confirmerait, du reste, ce sont les mots par lesquels l'auteur termine son exposé. Après avoir indiqué une opinion du jurisconsulte Balde, conforme à sa thèse, il ajoute : *Et quia hora est tarda et reverentie vestre nimis lasse sunt, finem imponam huic scolastico documento ad laudem et gloriam optimi clementissimi Dei et sue Matris Virginis gloriose, et beati Bernardi, totiusque curie triomphantis, ac sacrosancte romane Ecclesie in hoc famosissimo studio Bononiensi, XIX mensis februarii M.CCCC.LII.*

N° 4. Cessolles (Jacques de) (2). — *Incipit libel-*

---

(1) *Quelques recherches sur les débuts de l'imprimerie à Toulouse. Mém. de l'Académie des Sciences de Toulouse,* 3ᵉ série, t. IV, p. 393.

(2) Voir, à propos du nom de Cessolles, l'explication que *La Serna,* t. II, p. 293, donne de l'épithète de *Thessalonia,* accolée au nom de *Jacobus,* dans la 1ʳᵉ édit. de son livre.

lus de ludo scachorum et de dictis factisque nobi-
lium virorum philosophorum et antiquorum
prologus libelli.

In fine : Explicit doctrina vel morum informa-
tio accepta de modo et ordine ludi scachorum,
Deo gratias (sic), *finit feliciter.* Au-dessous de ces
derniers mots sont placées ces quatre majuscules,
M H D B, qui ne se trouvent pas dans le *Barbatia.*

In-4° goth. de 72 ff., dont 2 blancs, l'un au commencement et l'autre à la fin ; les pp. entières ont
29 lignes. s. l. et a°. Sans chiffres, réclam. ni signat.

Même papier, mêmes filigranes que ceux du
Barbatia.

Jacques de Cessolles termina son livre du Jeu des
échecs, *De ludo scachorum*, en l'année 1290. Cet ouvrage de morale eut, pendant longtemps, une vogue
extraordinaire, et, vers la fin du quinzième siècle,
on le traduisit dans toutes les langues.

« Dans ce livre, » dit M. de Castellane (*loc. cit.*),
« l'auteur dépeint la forme de chaque pièce, et, à
» la suite de sa description, il raconte des faits qui
» n'ont qu'un rapport très-éloigné avec les échecs.
» Suivant lui, les pions sont *le populaire*, comme
» les agriculteurs, les artisans ; et ayant à parler
» du sixième pion placé devant le fou, à gauche du
» roi, il dit qu'il représente les cabaretiers et les au-
» bergistes. » A ce propos, M. de Castellane cite textuellement l'histoire, rapportée par J. de Cessolles,
d'un pèlerin se rendant à Saint-Jacques de Tou-

louse, et qui, faussement accusé par un cabaretier de lui avoir volé une tasse d'argent, fut pendu, puis miraculeusement sauvé par l'intercession du bienheureux saint Jacques. Inutile d'ajouter que le cabaretier remplaça au gibet le pèlerin dépendu.

M. de Castellane tirait de ce conte, relativement à la question des deux *Tholosa*, un argument en faveur de *Tholosa* de France : « Je ne » *sais*, » dit-il, « si on trouverait un exemple des » expressions : *urbs tholosana, hospes tholosanus,* » appliquées à *Tholosa* d'Espagne. »

Nᵒ 5. Antonin de Forriglioni (saint). — *Incipit titulus de sponsalibus et matrimonio extractus de tertia parte summe venerabilis patris fratris Antonini, archiepiscopi florentini, ordinis Fratrum predicatorum.*

Le titre se trouve en tête du 2ᵉ f.

In fine : Finis horum vitiorum et per consequens huius tractatus seu tituli de matrimonio et sponsalibus.

Et après la table, les capitales suivantes : H A D B M H O (1).

Pet. in-4ᵒ goth. de 126 ff., dont le 1ᵉʳ est blanc, de 27 lignes aux pp. entières, s. l. et aᵒ. Sans chiffr., réclam. ni signat.

Papier fort ; pour filigrane, *la main qui bénit, la roue dentée* et *le croissant* (v. pl. 1, fig. 1, 2, 3).

_____

(1) Nous avons vainement cherché la signification de ces majuscules, véritables sigles dont les mots nous sont inconnus,

Ce livre a été imprimé à Toulouse vers 1476 ; les caractères, le papier et les filigranes sont ceux du *Barbatia* et du *J. de Cessolles* ; l'identité est parfaite. Quoique le titre porte : *Extractus de tertia parte summe venerabilis patris fratris Antonini*, nous croyons qu'il a été imprimé d'après un manuscrit, et non d'après l'édition de la Somme de saint Antonin, imprimée à Venise, par Jenson, en 1477 (1).

Ce rarissime volume, relié à la suite du *Quadrivium Ecclesie*, de Jean Hugo (Paris, Guill. Eustace, 1509), appartient à la bibliothèque de Toulouse.

Les cinq ouvrages dont nous venons de donner un signalement exact et dont on trouvera les spécimens pl. 5 et 6, forment seuls, jusqu'à présent, la première série des incunables toulousains, série qui commence peut-être avant 1476, et qui finit en 1479.

Un seul de ces incunables, le *De fide instrumentorum*, de Barbatia, porte la date de 1476. Cette date fixe d'une manière certaine l'introduction de l'imprimerie à Toulouse.

En comparant entre eux ces cinq ouvrages, on voit de suite qu'ils appartiennent à la même famille. Pourtant, en les examinant attentivement et de près, il est facile de s'apercevoir que les papiers, les caractères, les majuscules plutôt que les minuscules, et la justification, présentent des différences qui échappent à la première vue.

(1) Saint Antonin, né en 1389, est mort en 1459,

Dans l'*Andrea* et le *saint Cyrille*, le papier est plus fort, plus commun que celui du *Barbatia* et du *J. de Cessolles*. Le papier des premiers a pour filigrane *le croissant* (pl. 1, fig.1), et celui des derniers, *la main qui bénit* (pl. 1, fig. 2). Dans l'*Andrea* et le *saint Cyrille*, les caractères ont quelque chose d'irrégulier, de plus primitif. Leurs pages entières n'ont que 26 lignes, tandis que celles du *Barbatia* en ont 27, et celles du *J. de Cessolles* 29. C'est là la seule différence qui existe entre ces deux derniers ouvrages, car ils ont été bien évidemment, ainsi que le *saint Antonin*, imprimés avec les mêmes caractères et sur un papier identique.

Ces remarques nous portent à penser que l'*Andrea* et le *saint Cyrille* ont été imprimés avant le *Barbatia*, le *J. de Cessolles* et le *saint Antonin*. C'était, comme nous l'avons dit ailleurs (1), l'opinion de M. Mac-Carthy.

Ces impressions, du reste, attestent l'enfance de l'art. L'on comprend qu'elles ont été mises en œuvre à l'aide d'un outillage imparfait, et que les caractères dont on s'est servi étaient fondus depuis longtemps ou l'avaient été dans des matrices anciennes.

Cela est si évident, qu'en comparant ces livres avec des impressions beaucoup plus vieilles, — par exemple, avec le *Speculum sacerdotum*, imprimé vers 1463, par Guttenberg, et dont nous avons un

_____

(1) Voir *La chasse aux incunables*, p. 13.

spécimen sous les yeux (1), — la ressemblance est telle qu'on se demande, malgré les treize années qui les séparent, si ces incunables ne sont pas tous sortis du même atelier typographique.

Il y aurait peut-être un moyen d'expliquer cette ressemblance entre quelques-uns des types de Guttenberg, de Fust et de Schoiffer et ceux des incunables toulousains.

Nous savons d'une manière certaine que ces célèbres imprimeurs, mais surtout Fust et Schoiffer, vinrent plusieurs fois à Paris pour y vendre leurs livres et qu'ils y entretenaient même des facteurs à gages.

L'un d'eux, « Hermann de Statboen, est celui-là
» même qui avait vendu, en 1471, à Angers, pour le
» libraire Guymier, de Paris, la Bible de Schoiffer,
» de 1462. Il était compatriote de Schoiffer, étant né
» dans le diocèse de Munster, ce qui fut assez fâ-
» cheux pour ses commettants. En effet, Hermann
» étant mort vers 1474, sans avoir de lettres de *natu-
» ralité,* comme on disait alors, tous ses dépôts de
» livres, tant à Paris, qu'à Angers *et ailleurs,* furent
» saisis, en vertu du droit d'aubaine (2). »

Puisque Schoiffer avait des dépôts de livres *à Paris, à Angers* et *ailleurs,* il n'y aurait rien de bien extraordinaire à ce qu'il en ait eu à Toulouse (3).

(1) Auguste Bernard, *De l'origine et des débuts de l'imprimerie en Europe,* pl. VIII, n° 12.

(2) Auguste Bernard, *loc. cit.,* t. II, p. 329.

(3) Wurdtwein (*Biblioth. Moguntina*) et Wolf (*Monumenta*

Une circonstance, intéressante à connaître, rapportée par Schœpflin (*Vindiciæ typogr.*, p. 6, note 7), viendrait peut-être en aide à notre supposition.

Sur un exemplaire de la 2ᵉ édition *des Offices* de Cicéron, imprimée à Mayence, par Schoiffer et Fust, le 4 février 1466, et que possède la bibliothèque de Genève, se trouve la note suivante : « Hic liber » Marcii Tullii pertinet Michi Ludovico de Laver-» nade, militi cancellario domini mei ducis Borbo-» nii et Alvernie, *ac primo presidenti parlamenti* » *lingue occitanie* (1), quem dedit Michi Io. Fust » supradictus (2), Parisius, in mense julii, anno » Domini M.CCCC.LXVI, me tunc existente Parisius, » pro generali reformatione totius Francorum » regni. »

Un tel présent, à cette époque surtout (1466), atteste un service rendu dont on ne pouvait pas s'acquitter avec de l'argent; et la nature même de la rémunération atteste, selon toute apparence, la nature de ce service.

D'après cela, ne pourrait-on pas admettre que Louis de Lavernade, alors commissaire réformateur

typogr.), citent un privilége du 24 avril 1475, accordé par Louis XI, à Conrad Hannequis et à P. Schoiffer, pour vendre leurs livres en France... (Dupont, *Hist. de l'imprimerie*, t. I, p. 93, note.) Voyez la note 4 de la page 137.

(1) Ce qui est ici en italique est ajouté par un renvoi dans l'original. (Note de M. Auguste Bernard.)

(2) Ce mot se rapporte au nom de Fust qui est dans la souscription imprimée au-dessus de la note de Lavernade. (Note de M. Auguste Bernard.)

de la justice en Languedoc (1), désireux de propager dans cette province la grande découverte de l'imprimerie, prit sous sa protection les deux associés Fust et Schoiffer, et qu'il leur facilita les moyens, soit d'écouler leurs produits dans le midi de la France, soit même de fonder, dans un grand centre universitaire tel que Toulouse, une imprimerie, à la tête de laquelle ils placèrent un de leurs ouvriers (2)?

(1) Il n'était pas encore premier président du Parlement de Toulouse.

(2) Les historiens qui se sont occupés de Louis de Lavernade ne sont pas d'accord sur l'époque à laquelle il fut nommé premier président du Parlement de Toulouse.

1º M. de La Mure, *Histoire du pays de Forez*, Lyon, 1674, p. 367, s'exprime ainsi : « (il) Obtint la charge de premier présidence du parlement de Toulouse, vers 1461, et la garda, » au moins, jusqu'en 1471... »

2º Lafaille, *Annales de la ville de Toulouse*, 1687, t. I, p. 233, rapporte qu'au mois d'octobre 1467, les officiers du Parlement eurent ordre de se rendre à Montpellier, pour y tenir le Parlement.

Plus loin, p. 234, il dit : « Au mois de janvier de la même année » (1468, n. style) il (le roi) destitua Damian, Bertelot et Bruières, » conseillers... Le premier président de Marles ne fut point épargné, et souffrit une pareille destitution. Le roi mit en sa place » *Jean* de Lavernade, chevalier... »

3º Dom Vaissete, *Histoire du Languedoc*, 1745, t. V, p. 37, a copié Lafaille, et n'est pas plus clair que lui. Il donne aussi à Louis de Lavernade le prénom de *Jean*.

4º Selon Dumège, *Histoire des institutions de la ville de Toulouse*, 1844, t. III, p. 353, « Louis de Lavernade aurait été installé le 11 février 1467 (1468) et destitué la même année. »

Nous avons cru devoir reproduire ici le texte original des arrêts relatifs à cette période de l'histoire du Parlement de Toulouse, texte

Nous nous expliquerions alors la ressemblance des types ; nous nous expliquerions pourquoi *il semblait à M. Adry que le Speculum de saint Cyrille fût*

que quelques-uns des historiens cités ci-dessus n'ont pas pu consulter et que les autres ne se sont même pas donné la peine de lire.

ARCHIVES DÉPARTEMENTALES. *Section judiciaire.*

« Le mardy 11 mars 1465 (1466), aujourd'huy messire Henry » de Marle, chevalier, conseiller du roy a este receu à l'office de » premier président en la Court de céans. » (*Registre des Arrêts*, B, 3, fo 24, *verso.*)

« Le mercredy 18 mars 1466 (1467), Henry de Marle siège encore » comme premier président (Pâques tomba le 29 mars). » (Id., B, 3, fo 95, *verso.*)

« Le ieudi 30 avril 1467, il reprend son siége après une absence » d'un mois et 12 jours. » (Id., B, 3, fo 102, *recto.*)

« Aujourd'huy messire Henry de Marle, chevalier et premier » président en la Court de céans, s'est opposé à ce qu'aucun autre » ne soit receu en la dite Court au dit office de premier président, » pour les causes et raisons à dire et à declarer par lui en temps » et lieu. » (Id., B, 3, fo 102, *verso.*)

« Le mercredy 13 mai 1467, lecture de lettres patentes du roy » Louis XI, portant « que la Court de Parlement de Tholouse ces- » sera et vaquera, » attendu qu'il a mandé venir devers lui son » ami et féal conseiller et premier président en son Parlement » de Tholouse, Henry de Marle, chevalier; ordonné à Me Jehan » Duvergier, aussi président en icelle Court, aller en ambassade » de par lui au royaume d'Espagne, et, avec ce, ordonné faire » venir par devers lui 3 ou 4 des autres conseillers en icelle ; » « parquoy seront et demeurront les autres en trop petit nom- » bre. » (B. 3, fo 104, *recto.*)

Tout ceci concerne Toulouse.

MONTPELLIER. — Parlement commence le 12 novembre 1667. Jeudy 11 février 1467 (1468). « Vcues par la Court les lettres pa- » tentes du roy nostre Sire, données à Chartres le dernier jour » de juing dernier passé (30 juing 1467), par lesquelles et pour les *de l'imprimeur Schoiffer, qui a pu faire cette édition à Mayence, vers 1475, et pourquoi M. Brunet affirme qu'elle a été imprimée en Allemagne, de 1475 à 1480.*

» causes contenues en icelles le dict seigneur a donné et donne à
» messire Loys de La Vernade, chevalier, l'office de premier
» président en la Court de céans, en deschargeant, privant et
» déboutant d'icelui office, messire Henry de Marle, chevalier ; et
» actendues les autres jussions et commandemens faiz par ce dict
» seigneur, à la dicte Court, touchant la matière et eue délibe-
» ration ; sur ce :

» La Court a ordonné et ordonne que le dict messire Loys de
» La Vernade sera receu audict office de premier président en la
» Court de céans et en sa reception, laquelle sera escripte more
» solito sur les dictes lettres, après la dicte reception faicte seront
» mises les paroles qui s'ensuivent : Dominus Ludovicus de La
» Vernade, in albo nominatus receptus est ad officium primi pre-
» sidentis, in albo eodem mentionatum de expresso, et multipli-
» catio domini nostri regis mandato et solitum prestitit juramen-
» tum.

» En ensuivant laquelle ordonnance ou appoinctement le dessus
» dict messire Loys de La Vernade a esté receu par la Court à
» l'office de premier président en icelle et en a faict le serement
» en tel cas acostumé. » (B. 3, fo 122, *verso.*)

Mercredi 11e jour de septembre 1471, messire Loys de La Vernade siége encore comme premier président. (B. 3, fo 399. *recto.*)

A partir de cette date son nom n'est plus mentionné.

Quinze mois après, sous la date du mercredi 23e jour de décembre 1472, on lit : « Aujourd'hui maistre Bernard Lauret, docteur
» en chacun droit et par cy devant avocat du roy nostre Sire en
» la Court de céans, a esté receu en l'office de premier président
» en icelle et en a fait le serement en tel cas acostumé. »

DEUXIÈME GROUPE (DE 1479 A 1486).

JEAN PARIX , ESTEVAN CLÉBAT.

Arrestum querele de novis dissaysinis (1).

In fine : *Arrestum querele de novis dissaysinis finit feliciter. Impressum Tholose juxta pontem veterem anno Domini M.cccc. lxxix (1479) mense augusti.*

Petit in-4° goth. 12 ff. Le 1ᵉʳ blanc, 32 lignes aux pp. entières. Sans chiffr., récl. ni signat.

Le papier, d'un grain assez fin, un peu gris, a pour filigrane *la main qui bénit.*

Les caractères sont nets, réguliers ; ils ont six points typographiques (1 ligne) de hauteur.

Les majuscules M et A sont d'une forme remarquable (v. pl. 7).

Ce livre est une glose sur les *dissaisines ou cas de nouvelletez.*

Dans un règlement du parlement de Paris (2), inséré au tome 2 des ordonnances des Rois de France, p. 542. — Col. 2 (Paris, Impr. roy., 1726), on trouve cette note des éditeurs : « A peu près dans » le même temps (1353), le parlement fit le règle-

(1) *Dejecto a possessione,* Gall. *Dessaisissement.* (Ducange, *Gloss.* art. *Dissaisina*).

(2) Voici le titre de ce règlement : *Constitutio super casibus novitatis in patriæ juris scripti.*

» ment qui suit touchant les dissaisines ou nouvel-
» letez, auquel on ne peut donner aucune date cer-
» taine et qui est au même registre A du parlement,
» fº 24, verso. »

Les citations suivantes fixeront l'esprit du lecteur
sur la nature des dissaisines et sur la valeur des
termes qui constituent le titre de cet ouvrage :

*Arestum querele de novis dissaysinis non venit
in parlamentis, sed quilibet Baylivus in sua ba-
glivia, vocatis secum probis viris, adeat locum
debati, et sine strepitu et figura judicii, sciat et se
informet si sit nova dissaysina impedimentum seu
turbatio. Et si invenerit ita esse, faciat statim
resaysiri locum et interim recipiat ad manum
regiam atque nostram ponat et faciat jus partibus
coram se vocatis et cetera.*

ARESTUM QUERELE. *Notanter dicit querele, quia
non ex officio sine partis requisitione , sed potius
ad partis postulationem fit.* SUPER NOVIS. *Novum
est quod nunquam alias fuit...*

DISSAYSINIS *hoc enim novum verbum in gallico
est vulgare et idem sonat quod spoliatio...*

Avant de connaître l'existence du *Boëce* imprimé
à *Tolosa de Francia,* l'*Arestum querele* eut suffi, à
lui seul , pour trancher la question des deux Tolosa (1).

Nº 2. Maino (Ambr.-Jason de). — *De Jure em-*

_____

(1). V. l'avant-propos, p. 28 et suiv.

phiteotico Rubrica. — In-fol., goth., de 62 ff. (1), Tholosa. 1479. — Sans nom d'imprimeur (Jean Parix), à 2 colonnes de 68 lignes aux pages entières ; les ff. sont irrégulièrement chiffrés. Signat. a.-g. Les 8 ff. de la table ne sont ni chiffrés ni signés. Au bas de la dernière colonne, avant la table, on trouve les vers suivants :

Legerit hunc quamvis titulum preclarus Jason :
Sunt et apud multos scripta priora viros :
Invenies nunc multa tamen superaddita lector
Auctoris quam istic plura notata manu.
Maine tuum nomen quis non super ethera tollat ?
Quis ve tibi grates non agat innumeras ?
Sunt collecta abste simul emphiteotica iura :
Que posita in variis ante fuere locis.
Maine equidem vives omni mortalis in evo :
Qui tante edideris utilitatis opus.
Quique operis tabulas perstrinxeris ordine pulcro
Singula ne magnus fit reperire labor.
Lector emas moneoque clarus scripsit Jason.
Nam tibi Jasonii velleris instar erunt.
Nempe sub ingenua teutonicus arte Joannes
Clarum opus ad vires presserat ipse suas.

Au dessous : *Finit Tholose. Anno Christi* M.cccclxxix. Papier fort, sans filigrane. Mêmes caractères que ceux de l'*Arestum querele.*

Le catalogue Mac-Karly porte le titre suivant : *Tractatus de jure emphiteotico juxta verbum Ul-*

---

(1) Le nombre des ff. ne peut pas être impair, le cahier A, n'ayant que 7 ff., il manque un f. blanc au commencement.

piani, per Jasonem de Mayno. Tholosæ (1). Joannes Teutonicus, 1479, in-fol., goth.

A propos de ce livre, M. Brunet dit : « Cette édi-
» tion est remarquable, parce qu'elle est un des plus
» anciens livres connus imprimés à Toulouse, ville
» dans laquelle on imprimait déjà en 1476 (voy.
» *Barbatia*), et où parut aussi, en 1479, *De cleri-*
» *cis concubinariis*, pet. in-4°. » (*Man. du libr.*,
art. *Maino*, édit. 1860.)

Comment expliquer, après une affirmation semblable, la phrase ambiguë, ou plutôt restrictive, qui se trouve dans le *Manuel*, à l'article *Imitation*, et que nous avons rapportée dans notre *Avant-propos*, pp. 17 et 18? La remarque de M. de Castellane à ce sujet est fort curieuse : « Cette opinion de M. Bru-
» net, dit-il, est bien positive, et il est bon juge en
» pareille matière. Nous le verrons émettre un avis
» encore plus tranchant au sujet de l'*Imitation*.
» *S'il avait eu à revenir sur ce qu'il avançait*, il
» n'y a pas de doute qu'il ne l'eût fait dans son
» supplément (2)... » Il y revint plus tard : M. de Castellane l'avait pressenti.

Nº 3. Alfonse de Benevent (Jean). — *De clericis concubinariis.*

Dans l'exemplaire de la bibliothèque impériale le 1er f. manque. Il était blanc probablement.

_____

(1) De Bure et M. Brunet ont commis une erreur en plaçant la diphthongue æ dans le titre d'une édition du quinzième siècle.

(1) *Loc. cit.*, p. 14.

En tête du 2ᵉ f. on lit : *Iste sunt conclusiones
principales istius sequentis tractatus qui est de
clericis in publico concubinatu viventibus.*

In fine :

*Et sic finit presens de clericis concubinariis
tractatulus ab eximio sacrorum canonum Io. de
Beneuento, doctore, atque unam de quatuor ca-
thedris scole Salamantice actu regente ad profec-
tum fidelium salubriter ordinatus imprimente.*
M° *Io. Parix de Almania, Tholose, sub anno
Christi M.cccc.lxxix* (1479). Cité par M. de Castellane, d'après M. Brunet, qui ne le mentionne
qu'à l'occasion du Jason de Maino (1).

In-4° goth., de 30 ff. Sans chiff., réclam., nì signat. — Pour filigrane la *main qui bénit.* Même
papier, mêmes caractères que ceux de l'*Arestum
querele* de 1479.

N° 4. Arétin (Ange), jurisconsulte du quinzième
siècle, originaire d'Arezzo (d'où le nom d'Arétin) et
d'une famille du nom de *Gambiglioni.*

*Sacratissimarum legum famosissimi interprctis
atque professoris eximii domini Angeli de Gambiglionibus de Aretio, exactissima super civilium
institutionum libro lectura. Cupide que legalium
sanctionum juventuti longe accomodatissima feliciter incipit.*

(1) « Alfonse de *Bénevent* (J.), canoniste espagnol, vivait vers le
» milieu du quinzième siècle. » (*Biograph. Didot*, II, col. 64). —
Parmi les ouvrages attribués à Alphonse de Bénévent, le biogra-
phe ne cite pas le *De clericis concubinariis.*

In fine :

Et sic est finis operis quod ego Angelus de Gambiglionibus de Aretio, legum doctor perferi, die ultima mensis decembris M.cccc.xlix. dum publice legerem jus civile in civitate Ferrarie sub inclito et excelso domino Lionello Marchione existente. Deo gratias.

In-fol. magno goth., de 316 ff., à 2 col. de 65 lignes aux pp. entières. Sans chiff. ni réclam., signat. A. DD. Les cahiers sont de 6, 8 ou 10 ff. — s. a. et a° (Toulouse, 1479).

L'ouvrage est divisé en 2 parties et chaque partie en 2 livres. Le 1er livre occupe 76 ff., dont le 1er est blanc. Il est signé des *minuscules* a-i 10 ; le 2e livre occupe 118 ff., signés des *majuscules* A-P 6 ; le 3e livre (2e partie) occupe 46 ff., signés Q-X 6 ; et le 4e 40 ff., signés Y-D.D 6. Le dernier f. est blanc. Enfin, 36 ff. de table, sans signat. et dont le 1er est blanc, terminent le volume.

N° 5. On trouve, à la suite, l'ouvrage suivant :

Incipit solennis (sic) *et aurea lectura famosissimi legum doctoris Domini Angeli de Gambiglionibus de Aretio, super titulo de actionibus institutionum in almo studio Bononiensi edita* (1).

In fine :

> *Nunc breuis et facilis feliciter explicit ordo ;*
> *Et modus et forma : que bene quenque docent.*

(1) M. Brunet l'a cité dans son *Manuel*, en renvoyant le lecteur au *Répertoire* de Hain pour les autres ouvrages du même auteur.

Qualiter hoc toto memorabilis Angelus orbe,
Magna dedit pleno pectore. Vulgus ades.
Quid referam? dociles nunc (nunc) (sic) advertere mentes
Cura sit. et nullum tempus abibit iners.
Nam bene querenti quasi cuncta preparata debuntur.
Nam bene querenti multa petenda facent.
Hec igitur quicunque leges cum remige scripta :
Hic nuper posito dicere pigeat.

Au-dessous de ces vers : *finit Tholose, anno
M.cccc.lxxx* (1480), *die xxix mensis aprilis.*

In-fol. magno, de 128 ff. (le 1ᵉʳ blanc), à 2 colon.
de 65 lignes aux pp. entières. La table occupe les
onze derniers ff., sur lesquels la signature continue,
contrairement à ce que nous avons observé dans le
volume précédent.

Le *Manuel* n'a décrit qu'un seul de ces ouvrages.
Nous croyons cependant que les deux traités paru-
rent en même temps ; l'identité typographique abso-
lue qui existe entre eux, et la date, rejetée à la fin
du dernier, nous déterminent à le croire.

Ce livre est, sans contredit, l'un des plus beaux
spécimens des débuts de l'imprimerie en France.
Quoiqu'il ait été relié deux ou trois fois, ses marges
sont très-grandes, et il a encore 36 centimètres de
haut et 29 de large. Le papier est fort, légèrement
fauve et très-sonore ; *on entend réellement la voix
des feuilles en les tournant* (1). Il a pour filigrane une
tête, de profil, au nez épaté, couronnée du bandeau
impérial et surmontée d'une étoile en forme d'ai-

(1) Dibdin, *Voyage bibliogr., archéol.*, etc., *en France.*

grette (v. pl. 1, fig. 4) (1). A part un seul f., mar-
qué de *la tête de bœuf* (v. pl. 1, fig. 5), *la tête
couronnée* est la seule marque que l'on rencontre
dans le volume entier, et chaque cahier en renferme
deux ou trois spécimens. Les caractères sont les
mêmes que ceux de l'*Arestum querele*.

N° 5 (bis), 1480. *Commentaires sur les Institutes.* In-fol. — Dans le t. Ier, p. 109 de l'*Histoire
de l'Académie des Sciences, Inscriptions et Belles-
Lettres de Toulouse* (in-4°, 1782), se trouve la note
suivante : « ...M. Reboutier se chargea, en 1757, de
» faire le catalogue de la bibliothèque des RR. PP.
» Dominicains de Toulouse. Il y trouva 5,774 volu-
» mes, dont la bonne moitié concerne la théologie,
» sans compter quelques manuscrits, la plupart sans
» date et in-folio, qui ont été imprimés depuis 1480
» jusqu'en 1500 ; et, entre autres, un Commentaire
» sur les Institutes en un gros vol. in-folio, *imprimé
» à Toulouse*, en 1480, *sans nom d'imprimeur.* »
Malgré le vague de cette note, nous pensons
qu'elle se rapporte au Commentaire de Gambiglioni,

_____

(1) Nous avons retrouvé cette figure :

1° Dans un exemplaire du *De proprietatibus rerum* que possède
la bibliothèque de Toulouse. Ce volume, s. l. et a°, renferme la
plupart des filigranes qui caractérisent le papier des livres imprimés à Toulouse. M. Brunet le croit imprimé à Bâle, chez Richel
et Wensler ;

2° Dans le *Fasciculus temporum*, de Cologne, 1481 ;

Et 3° Dans le *Annæi Lucenii pharsaliæ liber*, etc., imprimé à
Venise par Nicolas Bartibone Alexandrino, en 1486.

que nous venons de décrire. C'était aussi l'opinion
de M. de Castellane.

N° 6. Boetius. *De consolatione philosophie.*

In fine.

Finit Tholose, anno Christi. M.cccc.lxxx (1).
M. Johanne Parix, feliciter imprimente.

In-fol. goth., de 144 ff. Sans chiffr. ni réclam.;
signat. a-q iiii.

Les cahiers sont de 6, de 8 ou de 10 ff. — Le
volume commence par 6 ff. de table, non signés.
Le 1er, qui est blanc, manque souvent. — Dans le
1er cahier (il est de 10 ff.) le 1er f. est blanc; le second est sans signat.; et le 3e porte la signat. a-ii.

En tête du 2e f. se trouve le titre suivant : *Sancti
Thome de Acquino super libris Boetii de consolatione philosophie comentum cum expositione feliciter incipit* (2).

Le Commentaire occupe les marges du volume et
encadre en quelque sorte le texte de Boëce.

_____

(1) Cette édition de Boëce, malgré l'histoire du grattoir, racon-
tée par M. J.-Ch. Brunet, est bien réellement de 1480. L'exemplaire de la bibliothèque de Toulouse, que nous avons sous les
yeux, est pur de tout grattage, et le point final, placé après le
3e x, est parfaitement imprimé. Le catalogue Mac-Carthy porte
donc, avec raison, la date de 1480.

(2) « Plusieurs éditions de Boëce ont été publiées dans le quin-
» zième siècle, *cum commentario Thome de Aquino*. Il paraîtrait,
» d'après Ch. Nodier (*Biblioth. sacrée, grecque-latine*), que ces
» Commentaires ne sont pas de saint Thomas d'Aquin, mais d'un
» cardinal nommé Thomas. » (Note de M. Ch. Sénémaud. V. la
bibliothèque de Charles d'Orléans, comte d'Angoulême.)

Les caractères sont de deux grandeurs : le plus petit a 6 points typographiques et le plus grand en a 7.

Le papier est fort, un peu fauve. Il a pour filigrane *la tête de bœuf* (v. pl. 1, fig. 6, 7 et 8).

N° 7. *Incipit libellus de vita et moribus philosophorum et poetarum.*

In fine :

Explicit vita philosophorum.

Pet. in-4°, s. l. et a°, de 102 ff., dont le 1er est blanc (1). 32 lignes aux pp. entières. Sans chiffr., réclam. ni signat.

Moins le format, ce volume est en tout semblable au Boëce de 1480. Papier, filigranes, caractères, tout est identique.

On retrouve dans ce livre les deux sortes de caractères employés par Jean Parix pour l'impression du Boëce de 1480, et de plus, la série des mêmes majuscules, reconnaissables surtout à la forme particulière de l'A et du M (v. pl. 7 et 8).

Le *Libellus de vita et moribus Philosophorum et Poetarum* contient un chapitre pour chaque auteur. Le premier est consacré à Thalès ; le dernier, et c'est le plus long, à Sénèque. Dans le chapitre d'Aristote, l'auteur énumère tous les ouvrages qu'avait publiés ce grand homme et dont la majeure partie

(1) Ce f. portait-il le titre du livre ? Nous l'ignorons ; car il manque à l'exemplaire de la bibliothèque de Toulouse, le seul que nous ayons vu.

5

ne nous est pas parvenue. Dans l'article consacré à Hippocrate et à Galien, il fait une courte analyse des anciens systèmes de médecine indiqués par ces auteurs.

Une traduction simple, élégante et claire de ce petit volume aurait du succès. Peut-être existe-t-elle? Toujours est-il que ce volume est inconnu à tous les bibliographes. Peut-être n'avons-nous pas su le trouver. Quel en est l'auteur?

En examinant avec soin les sept ouvrages dont nous venons de faire la description, il est facile de reconnaître qu'ils sont sortis des presses du même typographe. Leurs caractères d'ailleurs sont tellement semblables, que l'expert le plus scrupuleux n'hésiterait pas à constater l'identité parfaite de leurs alphabets.

Du reste, on peut aisément se convaincre de cette identité en comparant, une à une, les majuscules dans ceux de ces ouvrages qui possèdent une table alphabétique des matières (1). En outre, certaines de ces majuscules, l'A et le M, entre autres, ont une forme tellement caractéristique, que l'idée de l'à' peu près ne se présente même pas à l'esprit de l'observateur.

Nous insistons avec d'autant plus de raison sur l'identité de ces incunables que cela nous permettra d'éclaircir quelques points obscurs de leur histoire,

(1) Par exemple, dans les ouvrages d'Ange de *Gambiglionibus* et dans le *Vita et moribus philosophorum*.

et de relever une erreur importante consacrée, depuis longtemps, par d'éminents bibliographes.

Les sept ouvrages décrits ci-dessus ne sont pas tous datés ; quelques-uns sont sans lieu ni date, et deux seulement, le *De clericis concubinariis* et le *Boetius*, portent le nom de l'imprimeur : cet imprimeur se nommait Jean Parix.

Dans une note de son *Examen critique d'un nouvel opuscule de M. le docteur Desbarreaux-Bernard* (Marseille, 1866, p. 27), feu M. Hubaud, à propos de l'*Arestum querele,* nous engage à faire des recherches, « afin de parvenir à découvrir quel » était l'imprimeur qui, en 1479, avait son établis- » sement *juxta pontem veterem.* »

Grâce à l'identité parfaite que nous avons constatée entre les caractères de l'*Arestum querele,* imprimé en 1479, *juxta pontem veterem,* mais sans nom d'imprimeur, et le *De clericis concubinariis,* imprimé la même année par Jean Parix, mais sans indication de demeure, nous pouvons affirmer que les deux ouvrages sont sortis de la même presse et que l'imprimerie de J. Parix était située rue du Pont-Vieux.

Un rapprochement semblable entre le *De clericis concubinariis, imprimente Io. Parix de Almania, Tholose, 1479,* et le *De jure emphiteotico, finit Tholose, anno Christi 1479,* sans nom d'imprimeur, permet d'affirmer, avec la même certitude, que ce dernier ouvrage a été imprimé par Jean Parix et non par *Jean Teutonicus,* qui n'a jamais

existé. On a évidemment pris pour un nom patronymique l'épithèle de *Teutonicus* employée pour la
mesure de l'un des vers placés à la fin du livre en
l'honneur du typographe Jean (1)...

Nempe sub ingenua teutonicus arte Joannes ,

ce qui veut dire : A savoir par l'art admirable de
Jean l'Allemand.

L'incontestable similitude des types de tous les
incunables imprimés à Toulouse en 1479 et 1480,
— de tous ceux que nous connaissons du moins, —
ne nous permettait pas d'admettre, dans une aussi
courte période, l'existence de deux imprimeurs faisant usage des mêmes caractères et employant des
papiers identiques,

Le nom de Jean Parix de Almania , imprimé dans

(1) A la fin du quinzième siècle on désignait encore les personnes par le seul nom propre, auquel on ajoutait quelquefois le nom
de leur père ou de leur pays. Aussi trouve-t-on toujours, dans les
souscriptions finales des livres de cette époque, le nom propre (ou
de baptême) écrit avec une majuscule, tandis qu'on ne place qu'une
minuscule en tête du nom patronymique ou du nom du pays. La
fin du vers *De jure emphiteotico* en est un exemple , car le ... *teu-*
tonicus arte Joannes n'est qu'une variante du prosaïque *Joannes*
parix de almania, employé par le même imprimeur dans la souscription du *De clericis concubinariis.*

C'est probablement cet usage qui détermina Conrad Gesner à
suivre l'ordre alphabétique des noms de baptême, dans son *Biblio-*
theca universalis, plutôt que l'ordre des noms patronymiques.

L'ordre alphabétique des noms de baptême a toujours été suivi
dans les nombreux *Index librorum prohibitorum* qui ont paru depuis 1540 jusqu'à nos jours.

la souscription finale du *De clericis concubinariis*
et du *Boetius,* quand celui du prétendu *Jean Teu-*
tonicus ne se trouve que dans l'un des vers placés
à la fin du livre de Jason de Maino, sont autant de
considérations qui nous obligent de restituer à Jean
Parix la gloire d'avoir, l'un des premiers, introduit
l'imprimerie à Toulouse ; gloire que La Serna Santander (1), Née de la Rochelle (2), Gabriel Peignot (3), M. J.-Ch. Brunet (4), de Castellane (5), Paul
Dupont (6) et tant d'autres, avaient attribué, sans
examen sérieux, à *Jean Teutonicus.*

Désirant toutefois faire passer notre conviction
dans l'esprit du lecteur, nous avons dû rechercher

(1) La Serna Santander, *Dictionnaire bibliographique choisi du
quinzième siècle,* t. Ier, p. 386.

La note de ce bibliographe, consacrée au *Tractatus de jure emphiteotico*, est au moins singulière. Après le titre du livre, il donne
la souscription suivante : *Tholose, Joannes Teutonicus,* 1479, in-fol.
Cette souscription est tout à fait inexacte ; la voici, telle que nous
l'avons relevée sur l'exemplaire de la bibliothèque impériale :

Au-dessous des seize vers que nous avons cités, on lit : *Finit
Tholose. Anno Christi* 1479.

A la fin de sa note, La Serna se demande si ce Jean Teutonicus
n'est pas le même que celui qui, sous le nom de Joannes Trechsel,
allemand, imprima ensuite à Lyon, depuis 1488 jusqu'en 1498 !! !

(2) Née de La Rochelle, *Recherches historiques et critiques sur
l'établissement de l'art typographique en Espagne et en Portugal
pendant le quinzième siècle,* p. 32.

(3) Peignot, *Dictionnaire raisonné de bibliologie,* t. III, p. 328.

(4) J.-Ch. Brunet, *Manuel du libraire,* t. Ier, col. 646, art. *Barbatius* (édit. de 1860).

(5) *Loc. cit.*

(6) *Histoire de l'imprimerie.* Paris, 1854, t. Ier, p. 446.

s'il n'existait pas, *par hasard*, d'autres exemples du mot *teutonicus* employé pour caractériser la nationalité de quelques imprimeurs célèbres.

Nos recherches n'ont pas été vaines, et, chose bizarre, c'est précisément dans un incunable toulousain que nous avons trouvé la preuve de notre allégation.

Voici ce qu'on lit à la fin d'un volume que possède la bibliothèque Saint-Jean de Barcelone et dont nous n'avons trouvé la description nulle part :

Subtilissimi doctoris patris Francisci Maronis (?), ou plutôt Mayronis, *de ordine minorum editiones in cathegorias Porphyrii et predicamenta Aristotelis ; impressioni dedit magister Henricus Meyer* THEUTONICUS *, in civitate Tholosana anno incarnationis Christi M.cccc.lxxxx* (1490)*, die vero xx mensis septembris* , pet. in-4° goth., à 2 col.

Cet argument nous paraît sans réplique. Toutefois, poussant le scrupule jusqu'à sa dernière limite, nous avons cherché de nouveau, et voici ce qu'à notre grande surprise nous avons trouvé dans le *Dictionnaire bibliographique* de La Serna Santander, t. II, p. 250 :

- « Bruni, Leonardi, Aretini, *De bello Italico ad-* » *versus Gothos*. Fulginei, Emilianus de orfinis et » socii, 1470 , in-fol. On lit, à la fin, cette sous- » cription : *Hunc libellum Emilianus de orfinis ,* » FULGINAS (1) *et Johannes numeister* THEUTUNI-

(1) De Foligno.

» cus (sic) : *ejusque solii impresserunt Fulginei in*
» *domo ejusdem emiliani, anno Domini* 1470. »
Nous nous sommes demandé, après cela, comment
il se fait que La Serna, en écrivant le nom de Johannes numeister theutunicus, ne se soit pas rappelé
le *Joannes teutonicus* des vers placés à la fin du
De jure emphiteotico?

Indiquons encore, pour compléter nos preuves,
les quatre vers qui se trouvent à la fin du livre suivant, et qui, sous une forme différente, affirment la
nationalité du typographe.

Augustini, S. Aurelii, confessionum, libri XIII.
Mediolani. Johannes bonus, 1475, in-4°. *In fine:*

> Quum lœtum augustina ferat confessio fœtum,
> Prœsens fratre refert pagina pressa suo (1).
> Theutonicis delatus enim Bonus œre Johannes
> Hoc Mediolani fertile pressit opus (2).

(1) Pour dissiper l'obscurité qui règne dans les deux premiers
vers, il faut se rappeler que cette édition des *Confessions de saint
Augustin* parut peu de temps après la première, c'est-à-dire après
celle que les bibliographes attribuent généralement à Mentelin.
Cela étant admis, nous risquons ici la traduction de cette espèce
de casse-tête rhythmé : « L'heureux fruit qu'avaient enfanté les
types des *Confessions de saint Augustin* trouve sa ressemblance
dans ce présent livre, imprimé avec des types jumeaux, car Jean
Bon l'Allemand (littéralement : qui compte parmi les Allemands),
a imprimé cet ouvrage, plein d'enseignements féconds, à Milan,
à l'aide de caractères d'airain (a). »

(2) La Serna, t. II, p. 120.

(a) Le même imprimeur accolait parfois à son nom le simple qualificatif *teu-
tonicus*. En voici un exemple : Boetius. DE CONSOLATIONE PHILOSOPHIÆ (sic);
Savonœ (sic) *Impressum in conventu S.-Augustini, per fratrem Joh. Bonum
Theutonicum*, anno 1474, in-4° (Ch. Nodier, *Bibl. sacrée gr.-lat.*, p. 262).

Nous nous permettrons, à ce propos, de faire observer que, durant la fin du quinzième siècle et pendant le commencement du seizième, les imprimeurs se montrèrent jaloux d'affirmer leur nationalité à la dernière page des livres qu'ils mettaient en lumière. Les artistes allemands surtout, fiers, à juste titre, de la gloire que la découverte de l'imprimerie faisait rejaillir sur leur pays, n'y faillirent jamais. Aussi ont-ils varié de plusieurs manières la formule de cette attestation. C'est tantôt Johannes Parix d'*Almania*, tantôt Henricus Mayer *Teutonicus*, tantôt Johannes Cleyn *Alemanus*, etc. Les imprimeurs des différentes parties de l'Europe suivirent quelquefois cet exemple, et signalèrent par une épithète le nom du pays ou de la cité qui les avait vus naître. Pour ne citer qu'un exemple, nous rappellerons ici que Jenson signait ainsi ses livres : *Nicolaus Jenson Gallicus* (1).

Nous placerons à la suite de cette deuxième série plusieurs ouvrages que nous ne pouvons y rattacher faute de documents précis, et dont, par le même motif, nous ne pourrions former un groupe particulier.

N° 8. Pierre de Castrovol. — *Incipit tractatus super psalmum quicumque vult, nominatum, qui alio nomine dicitur simbolus Athanasii, episcopi Alexandrie, compilatus per fratrem Petrum de*

(1) Un autre imprimeur français, établi à Milan en 1497, signait ainsi ses livres : *Impressum Mediolani per magistrum Guilermum, signerre, Rothomagensem.* (V. La Serna, art. *Apicius*.)

Castrovol, ordinis Fratrum minorum, ac sacre theologie magistrum.

In fine : Tractatus super psalmum quicumque vult per reverendum in Christo seraphici ordinis fratrum Petrum de Castravol (sic), *in sacra pagina magistrum compilatus. Rursus Tholose revisus diligenter, fideliterque examinatus :* SIC QUOQUE IBIDEM IMPRESSUS *finit feliciter.* La table occupe le verso du même feuillet et le recto du suivant, au verso duquel on lit :

Interpretatio psalmi, quicunque vult : qui alias simbolus beati Athanasii intitulatur.

S. l. (Toulouse) et a° (1489 ?). — In-4° goth. (1), de 96 ff. dont le 1er est blanc, ayant 31 lignes aux pp. entières ; le livre est constitué par cahiers de 8 ff., excepté *f.* et *n.* qui n'en ont que 4. Sans chiffres ni réclam.; signat. a-n. Le papier, d'après la description que M. Deloye, conservateur de la bibliothèque d'Avignon, a bien voulu nous adresser, n'aurait qu'un seul filigrane, un B (v. pl. 2, fig. 9), à l'avant-dernier feuillet du cahier m, et encore ne le remarque-t-on que dans l'un des deux exemplaires de ce livre que possède la bibliothèque d'Avignon. — L'un de ces exemplaires provient de la bibliothèque des Célestins dont il porte la marque et sur la première page duquel on lit : *Celestinorum Avinionis beati Petri de Lucemburgo.* L'autre exem-

---

(1) Les pontuseaux sont en travers, séparés les uns des autres de 0m,038, et le filigrane se trouve dans les marges du dos.

plaire avait appartenu au couvent des Doctrinaires d'Avignon.

Ce second exemplaire est d'autant plus précieux qu'il contient cinq incunables dont voici les titres, que je copie d'après la note que je dois à l'obligeance de M. Deloye :

« 1° *De passione Christi sermo,* etc., *Guilermi*
» *de Aquisgrano.* Ce sermon est imprimé à Lyon ,
» en 1489 , *per Johannem Trechsel Alema-*
» *num* (1). »

« 2° *Epistola rabbi Samuclis,* etc., *de prophe-*
» *tiis,* etc. Sans date, ni lieu d'impression. » (Voir au sujet de ce volume, imprimé peut-être à Toulouse , la *Chasse aux incunables.*)

« 3° *Tractatus perutilis de phitonicis* (sic) *mu-*
» *lieribus.* Ce traité est aussi sans date d'impres-
» sion, mais la dédicace de l'ouvrage par l'auteur,
» Ulric Molitor de Constance , est datée du 10 jan-
» vier 1489 ; le vol. est in-4°. » (Voir à ce sujet le *Manuel*, art. *Molitor.*)

« 4° *Flagellum maleficorum a magistro Petro*
» *Mamoris*, etc., sans date. »

« 5° *Tractatus de supersticiosis quibusdam casi-*
» *bus*, etc., *per*, etc., *Henricum de Gorchen*, s. l.
» et a°, sans nom d'imprimeur. Au dernier f. du

---

(1) Voici le titre exact du livre de Guillaume d'Aix-la-Chà-pelle :

De passione Christi sermo sacre theologie doctoris Guilermi de Aquisgrano. — *Lugd. per* IOHEM TRECHSEL, 1489. In-4° goth. (Pericaud l'aîné, *Biographie lyonnaise du quinzième siècle.*)

» livre une marque d'imprimeur composée d'un J
» et d'un G, en monogramme dans un rectangle
» fleuronné d'espèces de fleurs de lis. » (Probablement in-4°.)

Quoique nous ne connaissions pas le filigrane du
papier de ce dernier volume, nous n'hésitons pas à
croire qu'il est sorti des presses lyonnaises, car le
monogramme J. G., comme nous l'avons prouvé
dans la *Chasse aux incunables* (p. 22), est celui de
Guillaume Balsarin de Lyon (1).

N° 9. Si nous devons en croire Los Rios (*OEu-
vres,* 1789, p. 58), on aurait commencé d'imprimer
en 1480, à Toulouse, de petits livres de dévotion,
le *Pelcrinage de la vida humana* (sic), et la *Croix
de Dieu*, autrement dit l'*A, B, C*, pour apprendre
à lire aux enfants.

Los Rios n'indiquant pas les sources où il a puisé
ce fait intéressant, nous ne le donnons ici qu'à titre
de renseignement.

N° 10. Drouyn (Ioh.). — *Ars notariatus.*
In fine :
Finit tractatus de arte notariatus.

---

(1) Ce monogramme a fort intrigué plusieurs savants bibliographes, entre autres, MM. E. Gazzera (*a*), Hubaud (*b*), Pericaud
l'aîné (*c*), etc.

(*a*) *Observation bibliographique au sujet d'un opuscule faussement attribué à Pétrarque* (*Mémoire de l'Acad. des Sciences de Turin*, t. 28, 1851).
(*b*) *Rapport sur un mémoire de M. C. Gazzera* (Marseille, 1851, p. 23).
(*c*) *Bibliothèque lyonnaise du quinzième siècle*, p. 8.

In-4° de 8 ff. goth., 52 lignes aux pp. entières, s. l. et a°. Sans chiff. ni réclam.; signat. a-4.

Le recto du premier f. ne contient que le titre sur une seule ligne; au verso se trouve la table.

Ce volume, qui était relié avec l'*Arestum quercle* de 1479, nous parut, au premier aspect, sorti des presses du même imprimeur; mais en y regardant de près on s'aperçoit de la différence qui existe entre ces deux ouvrages.

L'*Ars notariatus* est mieux imprimé; les caractères sont très-nets; ceux de l'*Arestum* sont un peu baveux, les abréviations ne sont pas tout à fait semblables et les capitales ne sont rien moins qu'identiques. Le papier est de même grain et de même ténuité. L'*Arestum* a pour filigrane *la main qui bénit*, et l'*Ars notariatus* la *roue dentée, surmontée d'une boule*. Les pages de celui-ci ont 53 lignes, celles de l'autre n'en ont que 52.

Cet ouvrage est de Jean Drouyn, mort en 1507, l'auteur de la *Nef des folles*, de l'*Histoire des trois maries*, etc.

Nous ignorions le nom de l'auteur de l'*Ars notariatus*, lorsque dans le catalogue Le Glay (Claudin, 1464), nous trouvâmes mentionné le livret suivant, que nous nous empressâmes d'acheter : *Libellus de arte notariatus novissime correctus ac emendatus*. Au-dessous de ce titre, une gravure sur bois, répétée au verso, représente un personnage, — un tabellion sans doute, — écrivant dans un registre placé sur un pupitre.

En tête du f. a-ij, on lit : *Incipit libellus de arte notariatus novissime correctus ac emendatus per magistrum Iohannem Drouyn , vtriusque juris bachalarium.*

A la fin et avant la table, on lit : *Finit tractatus de arte notariatus noviter impressus Lugduni, per Claudium Nourry alias le Prince. Anno Domini M.ccccc.xxiij, die Vº. xxi martii.* Petit in-8º goth., de 8 ff. Sans chiffr. ni réclam.; signat. a. iiii. — Pas de filigrane appréciable.

On devra, désormais, ajouter l'*Ars notariatus* aux nombreux ouvrages de Jean Drouyn, mentionnés dans les biographies (1).

Nº 11. *In nomine domini nostri Ihesu Christi. Incipit doctrinale florum artis notarie.*

En tête du 126ᵉ et dernier f. on lit :

VERSUS.

Accipe primevas decapentha quoque thetras
Primorum litteras capitulorum et illas
Ordine conjunge debito sic inde liquebit
Actoris (sic) *hujus tibi nomen libelli quod erit.*

In-4º goth., de 126 ff., ayant 28 lignes aux pp. entières. Chiffré en tête, au recto seulement, s. l. (Toulouse ?) et aº, signat. a-q, papier fort ; pour fili-

(1) L'*Ars notariatus* de Jean Drouyn a été souvent réimprimé dans le commencement du seizième siècle. Nous l'avons rencontré naguère dans l'ouvrage suivant : *Formulare* (sic) *instrumentorum.* etc., etc., *Adita arte notariatus,* etc. Lugduni, apud Scipionem de Gabiano, 1534, in-8º.

grane *une petite cloche et la roue dentée* (v. pl. 2, fig. 10).

Ce livre appartient à la bibliothèque de Toulouse. Il faisait partie d'un volume de *Mélanges* renfermant plusieurs incunables toulousains.

Les bibliographes sont à peu près muets sur les anciens livres qui traitent de la science du notariat (1); c'est à tort, selon nous. Quelques-uns de ces traités, celui dont nous nous occupons, par exemple, offrent, au point de vue des mœurs, des usages, de l'histoire locale en un mot, un très-grand intérêt, et renferment certains détails que l'on chercherait vainement ailleurs.

Etranger à l'étude du droit, nous ne tenterons pas l'analyse de ce livre, mais nous appellerons l'attention du lecteur sur la partie la plus intéressante de l'ouvrage, c'est-à-dire sur les formules des différents actes qui incombaient, au quinzième siècle, à la profession de tabellion.

Il est facile de se convaincre que l'auteur de ce livre exerçait son ministère, soit à Alais, soit à Uzès, soit enfin dans une des paroisses de ces anciens diocèses ; car les noms de personnes ou de lieux qu'il cite dans ses formules se trouvent encore dans la carte de Cassini.

---

(1) M. Brunet (*Manuel du libr.*, t. Ier, col. 508) cite une édition in-8º, de l'*Ars notariatus*, impr. à Paris, en 1515, P.-J. Manugue. — Il cite également, à l'article *Prothocolle*, *un formulaire ou stile et art des notaires royaux, tabellions, greffiers*, etc., imprimé à Paris en 1541.

Quant au nom de l'auteur, il nous a été facile de le découvrir en suivant les indications contenues dans les quatre vers qui terminent son livre, c'est-à-dire en prenant les quinze premières lettres, — *Primevas decapentha quoque thetras litteras*, — des premiers chapitres et en les plaçant dans un ordre convenable. Ce qui donne pour résultat : STEPHANUS MARCIL, ou MARCILLOTI, si le mot *tetra*(s) signifie *quatre* au lieu de *noir*(es).

Cette façon bizarre d'énigmatiser son nom existait déjà au quatorzième siècle. En voici un exemple : Dans les initiales des 19 stances composant le prologue d'une traduction de Boëce, on trouve *frère Renaud de Louens* (Louhans). C'est le nom de l'auteur qui acheva cette traduction le 23 mars 1336, dans la ville de Poligny en Franche-Comté (1).

Les noms en acrostiche *vulgaire* se rencontrent plus fréquemment. Nous citerons le suivant :

Le nom de l'éditeur du *Matheolus*, imprimé en 1492, par Antoine Vérard, se trouve dans les seize vers placés à la fin de l'ouvrage ; il s'appelait *Alesandre* (sic) *Primet*.

Nº 12. *Arestum querelæ* (sic) *de novis dissaisinis non venit in parlamentis*, etc.

Editio vetus circa annum 1484 impressa Tholosæ (sic), in-4º goth. (catal. Mac-Carthy, nº 1304). (Voir ci-dessus, p. 48.)

---

(1) Paulin Paris, *Manuscrit français*, t. V, pp. 38-58, description des mss. nos 7071, 7071[3] et 7072[2, 3].

N° 13. *Scotus pauperum super quatuor libris sententiarum* (1). — Pas de souscription finale. Après le 1er f., portant au recto le titre, imprimé sur deux lignes, se trouve l'épître de l'auteur : *Reverendissimo, in Christo patri, et illustrissimo domino domino Alphonso de Aragonia, archiepiscopo cesaragustanense dignissimo : subditus Guillermus Gorris, post devotissima manuum oscula se humilime commendat.* — Cette lettre est ainsi datée : *Datum Tholose die decimo may, anno Domini 1486.*

Suit le prologue, qui commence, au 3e f., par l'entête suivant : *Scotus pauperum in quo doctorum et Scoti opiniones in quatuor libris sententiarum continente dilucidantur. Tholose editus per eximium artium et sacre theologie professorem Guillermum Gorris aragonensem ad pauperum vtilitatem feliciter incipit.*

In-4° goth., 256 ff. de 39 lignes aux pp. entières, s. l. et a° (Toulouse, 1486). Sans chiffr. ni réclam. ; signat. a-h. Tous les cahiers sont de 8 ff. ; excepté sur le 1er cahier, dont la signat. se trouve sur le 2e f., la signat. est invariablement placée, dans tous

(1) Jean Duns, surnommé Scot parce qu'il était natif de Donston en Ecosse, entra dans l'ordre de Saint-François, où il se distingua par son merveilleux talent pour les chicanes scolastiques ; ce qui lui mérita le nom de *docteur subtil.* Il mourut à Cologne en 1308, âgé de 30 à 35 ans, après avoir formé une école dont les partisans portent le nom de *scotistes*, par opposition à celle de saint Thomas ou des *thomistes* (La Serna, t. II, p. 385).

les autres, sur le 1ᵉʳ et le 3ᵉ. — La signat. de ce 3ᵉ
f. offre une particularité que nous n'avons rencontrée nulle part : c'est que la lettre, au lieu d'être chif-
frée III, est suivie d'un .Z. entre deux points. Men-
tionnons encore deux cahiers signés S, mais dont les
S ont une forme différente.

Ce livre est fort bien imprimé. Les caractères du
texte sont menus, très-nets, et ont à peine 4 points
typographiques. Les caractères du titre et des têtes
de chapitre en ont 7. Le papier est épais, corsé, un
peu fauve, et il porte pour filigrane *la main qui bénit*. La place des capitales est en blanc et occupée
quelquefois par une minuscule.

Voici, au sujet de ce rare volume, ce qu'on lit
dans Caballero (1) :

« Ex Ioh. a sancto Antonio. in bibliotheca casa-
» natensi legi opus cujus *hacè* est inscriptio : *Scotus*
» *pauperum, vel abbreviatus, in quo doctorum,*
» *et Scoti opiniones in 4 libros sententiarum com-*
» *pendiosè, elucidantur. Sequitur auctoris epis-*
» *tola ad Alphonsum de aragona, archiep. cœsa-*
» *raugustanum.* Proxime post epistolam est prologus
» Scotus pauperum. »

« *Tolosœ editus per eximium artium et sacrœ*
» *theologiœ professorem Guillerinum Gorris Ara-*
» *gonensem ad pauperum utilitatem feliciter inci-*
» *pit. Est volumen in-4°, sine typographo et anno.*

(1) *De prima typographia hispanicœ œtate specimen.* Romæ, 1773,
in-4°, p. 20.

6

» *Locus Tolosæ videtur fuisse, in cujus Academiu*
» *Theologiam Guillerinus profitebatur* (1). »

Nº 14. Jean d'Arras. — *Historia de la linda
Melosyna.*

En Tolosa, Juan Paris (*sic*) y Estevan Cleblat
(*sic*) (2), 14 jul. 1489, in-fol. goth., fig.

« Edition aussi précieuse qu'extrémement rare ;
» elle a des signat. de a-v, et 37 ou 38 lignes par
» page. Le 1ᵉʳ f., blanc au recto, porte sur le verso
» une gravure en bois, et le texte commence au recto
» du 2ᵉ f., sign. a ij. »

N'ayant jamais vu ce rare volume, nous en donnons la description d'après La Serna Santander, art.
Arras (Jean de) et M. J.-Ch. Brunet.

Ce livre est la traduction de la *Mclusine,* de Jean
d'Arras, imprimée pour la première fois, à Genève,
en 1478.

Nº 15. Torre (Alfonso de la). — *Vision deleita-
ble de la philosofía y artes liberales.*

Version en catalan, ou dialecte limousin, de l'ouvrage espagnol.

Nous emprunterons encore à M. J.-Ch. Brunet la
description de ce rarissime volume que nous n'avons
jamais vu. Après avoir décrit l'édition de Barcelone

(1) V. p. 16, de notre *Avant-propos,* la conséquence que nous
avons tirée de cette citation.

(2) Dans le *De clericis concubinariis* et le *Boetius,* le nom de l'imprimeur est ainsi orthographié : *Ioannes Parix,* et M. de Castellane écrit *Clebat* au lieu de *Cleblat.* La 2ᵉ édit. de Mendez (Madrid,
1861-66) porte, tantôt *Clebat,* tantôt *Cleblat.*

(t. V, col. 887, édit. de 1860), le savant bibliographe ajoute : « ... Il en existe une autre de 1489,
» in-fol. goth., laquelle est portée dans la bibliogr.
» Grenvil., p. 750, sous le titre suivant : *Comiença*
» *el tratado llamado vision deleytable de la phi-*
» *losofia e de los otras sciencias. Aqui se acaba*
» *el libro de la vision delectable con la tabla que*
» *trata de la philosofia* (sic) *e de los otras scien-*
» *cias brevemente e que declaron el fallada en*
» *ellas: Imprimido en la muy noble e leal cibdad*
» *de Tholosa, por los muy discretos maestros*
» Juan Patrix (*sic*) Estevan Cleblat. M.cccc.lxxxix.
» — L'exemplaire décrit a 100 ff., mais il paraît y
» manquer 2 ff. du cahier A. La date est au recto
» du dernier f. de la table, dont le verso est blanc.
» L'exemplaire vendu 2 liv. 19 sh. Heber avait de
» plus, à ce qu'il paraissait, *505 proverbios* de Lopez
» de Mendoza (voy. Lopez), suivis du *Tratado de*
» *providencia contra fortuna* de Diego de Valera. »
Dans l'édition du *Manuel,* de 1843, M. Brunet
signalait des fig. sur bois (1).

(1) Dans la 2ᵉ édit. de Mendez, Madrid, 1866, p. 378, on trouve
sur cette édition de la *Vision* les détails suivants :
Vision delectable.
Portada en letra gótica pequeña, á la cabeza de la primera hoja.
La segunda dice :
« Comiença el tratado llamado vision deleytable (asi). De la phi-
» losofia e de las otras scienças : compuesto por Alfonso de la
» Torre, bachiller : endereçado al noble don Juan de Veamonte,
» prior de Sant-Juan en Navarro. »
Después de este epigrafe, que ocupa las cuatro primeras lineas,

Nº 16. Voragine (Jacobus de). — *Legenda aurea* (sive *flores sanctorum*).

Pet. in-fol. s. d.

« Edition imprimée en _caractères ronds et avec » des capitales gothiques, sur 2 colonnes, dont cel-

va un grabado en madera representando el acto de ofrecer el autor la obra á quien la dedica. Sigue en la misma página, que está orlada, la dedicatoria, la qual concluye en el anverso de la tercera hoja, á cuyo final se ve otro grabado tambien en madera, y que representa al autor dormido y soñando que veia lo que cuenta en el libro.

Concluye el texto en la hoja 101 y á la vuelta de ella va la « tabla de los capítulos del libro llamado vision delectable : compuesto por Alfonso de la Torre, bachiller á jnstancia del muy noble señor don Juan de Veamonte. El qual libro es dividido en dos partes. En la primera parte trata de las artes liberales e de la metafisica e de la natura. En la segunda trata de la philosofia moral. Los capitulos del qual dicho libro son divididos en la siguiente forma. »

Esta tabla ocupa cuatro páginas ; la última de éstas concluye asi :

« Aqui se acaba el libro de la vision delectable con la tabla. »

On lit à la fin : *Fenesce la ystoria de Melosina, empremida en Tholosa, por los honorables e discretos maestros Juan Parix e Estevan Cleblat alemanes, que con grand diligençia la hizieron pasar de frances en castellano. E despues de muy emendada la mandaron ynprimir. En el ano del Senor de mill et quatro cientos e ochanta* (sic) *et nueve anosa. Xiiij dias del mes de julio.*

En 4º mayor, pasta, letra de Tortis, fólios romanos y signaturas, sin reclamos, linea seguida, grabados en madera intercalados en el texto, 103 hojas segun la numeracion de los folios en realidad 102. Pues pasa del 37 al 39 por error. Estan equivocados los fólios 71 y 76 ; papel grueso.

A la fin la marque des imprimeurs (v. pl. 15, fig. 2). Provenance ; biblioteca *de Fomento*.

» les qui sont entières portent 39 lignes. Le volume
» se compose de 360 ff., y compris les deux pre-
» miers, qui contiennent le prologue et la table. A
» la fin de celle-ci, se lisent huit vers latins. » (*Manuel du libraire*, t. V, col. 1367.)

M. Brunet n'ayant cité que quelques-uns de ces
vers, nous les donnons tous ici, d'après Née de La
Rochelle (1) :

> Tu qui famam cupis æternam cumulare,
> *Aurea legenda* aspice, ne careas ;
> Quam *nitide pressam* PARIX nunc tibi tradit,
> Professorque fidei JACOBI correxit.
> Quos diversos solum genuit, nunc THOLOSA pascit
> Mundusque aspiciet totus eorum Opera,
> Interque præferre debes hoc si bene noris ;
> Tunc jugis porta tuæ manet animæ requies.

A la suite de ces vers, Née de La Rochelle nous
dit : « Je n'y ai rien ajouté, si ce n'est la ponctuation,
» qui n'existe qu'à la dernière ligne ; mais j'en ai
» fait disparaître les abréviations. »

L'exemplaire que Née de La Rochelle avait sous
les yeux était celui de Gaignat, inscrit, dans le catalogue de cet amateur, sous le n° 2779.

Née de La Rochelle, et M. Brunet d'après lui, le
déclarent imprimé sur papier fort, *en caractères
ronds, dans lesquels la « plupart des capitales
sont gothiques. »*

Nous n'avons jamais vu ce livre ; mais, nous l'a-

(1) *Loc. cit.*, p. xxi.

vouerons, nous ne comprenons pas bien ce qu'on
entend par *des caractères ronds avec des capitales
gothiques*. Et puis, ce qui nous déroute tout à fait,
c'est que, dans l'exemplaire du *catalogue Gaignat*,
les types sont désignés par ces mots : LITTERIS QUA-
DRATIS ! Des caractères carrés, — *quadratus* ne veut
pas dire autre *chose*, — ne sauraient être ronds !
Qui se trompe ici de De Bure ou de Née de La Rochelle, auquel s'en est rapporté M. J.-Ch. Brunet ?
Il y a là un malentendu, et ces bibliographes ont
sans doute voulu désigner, à leur manière, les *caractères qui tenaient lieu de notre romain lorsque
le gothique moderne régnait encore* et que Fournier (*Manuel typograph.*, t. II, p. 145) désigne
sous le nom de *lettres de forme*.

Ces lettres se rapprochent beaucoup des gros caractères employés par Mayer dans l'*Imitation*, le
Stylus parlamenti, la *Coronica de Espana*. S'il en
était ainsi, nous aurions peut-être là la transition du
gothique employé par Jean Parix à celui dont s'est
servi Henri Mayer, et dont nous nous occuperons
tout à l'heure.

La date du *Legenda aurea* devrait donc, d'après
cela, être fixée avant l'année 1488, époque où Henri
Mayer imprima la *Imitacion*. Nous ne pourrions
pas, du reste, la placer plus tard, puisque, dès 1489,
Jean Parix était associé avec Estévan Clebat.

TROISIÈME GROUPE.

HENRI MAYER. — 1488-1494.

N° 1. *Summuli magistri Ioannis.*

In fine :

Famosissimi bonarum artium ac philosophie monarche Parisiensis magistri Ioannis de magistris summula et Petri Hyspani glosule exactissime ad mentem doctoris subtilis felici sydere finiunt opera et impensa magistri Henrici Mayer almani. — Anno salutis nostre M°.cccc°.lxxxviij°,die xxij, mensis aprilis.

Pet. in-fol. goth., à 2 col., sans chiffr. ni réclam., signat...

Le papier a pour filigrane *la main qui bénit.*

Il ne se trouve ni dans Mendez ni dans Caballero.

Ce livre appartient aux archives de la couronne d'Aragon, à Barcelone. Il m'a été indiqué par M. Volger (1).

N° 2. La 2° édit. de Mendez (Madrid, 1866) porte, dans les *Adiciones,* p. 377, l'article suivant :

« Versor (Ioannes). — *Expositio super summu-* » *las Petri hispani ;* Tholose ; fol. goth., mai. et » miu., vol. 1. »

(1) En 1861, M. Ernest Volger, consul des Etats-Unis à Barcelone, et bibliophile fort instruit, voulut bien me faire parvenir la liste des ouvrages imprimés à Toulouse que renferme la riche bibliothèque des archives d'Aragon.

» Edicion sin cifras, reclamos ni ano de impre-
» sion, por dos motivos, rara y singular : 1º Por no
» poderse designar si pertenece a las prensas de
» Tolosa, capital de Languedoc, en Francia, o a la
» capital de Guipuscoa, en Espana (1). 2º Por no
» verla mencionado por los mas acreditados biblio-
» grafos, debiendo tenerse como rara é impresa
» entre los anos de 1479 y 1486. »

Provenance : Biblioteca nacional de Lisboa.

Delandine, Michaud et la *Nouvelle biographie* de
MM. Didot frères, ont gardé le silence sur cet intré-
pide commentateur d'Aristote (2). Le lecteur nous
saura peut-être gré de lui dire, *un peu*, ce que fut,
au quinzième siècle, le chef de la famille des *Versoris*. Nous lui éviterons ainsi la peine d'ouvrir son
dixième volume de Moreri, ou le quatrième volume
de Bayle, art. *Versoris*.

« Versoris, famille qui a donné plusieurs illustres
» avocats au parlement de Paris, était autrefois éta-
» blie aux environs de Falaise en Normandie. Son
» nom étoit *le Tourneur*, et fut latinisé en celui de
» *Versor* par JEAN le Tourneur, qui vint s'établir à
» Paris, vers le règne de Charles VII. Il y fut un

---

(1) El autor del « Relatorio a'cerca da Bibliotheca nacional de
Lisboa, » Jose Feliciano de Castillo, Barreto e Noronha, dudaba
una cosa que en el dia pasa ya por averiguada : y es que Tolosa
de Guipuzcoa, en España, no tuvo imprenta en el siglo xv.

(2) Le *Répert. bibliograph.* de Hain contient 41 ouvrages de
Versor (du nº 16,022 jusqu'au nº 16,063) ; presque tous sont des
commentaires ou des gloses sur les différents traités d'Aristote.

» des premiers docteurs de l'Université, et composa
» plusieurs ouvrages latins, que l'on nomma *Ver-*
» *sori operæ :* ce qui donna le nom de *Versoris* à
» sa famille. » (Moreri.)

N° 3. *Cy comance le livre tressalutaire de la*
ymitacion Ihesu Christ et mesprisement de ce
monde, premierement compose en latin par sainct
Bernard ou par autre devote persone, atribue a
maistre iehan Gerson chancelier de paris et apres
translate en francoys en la cite de Tholouse.

A la fin :

Cy finist le liure de la ymitacion ihesu christ
et mesprisement de ce monde, imprime a Tholose
par maistre henric mayer alaman lan de grace
M.cccc.lxxxviii, et le xxviii iour de may.

In-4° goth., de 152 ff., chiffrés au milieu de la
page, mais au recto seulement. Les cahiers sont de
8 ff., signés a-p, pour les trois premiers livres, et
A-D, pour le 4ᵉ. — Le 1ᵉʳ et le 3ᵉ f. sont seuls chiffrés, et ce dernier porte invariablement après la
signature le chiffre romain II.

Une particularité digne de remarque et que nous
n'avons rencontrée que dans quelques incunables
d'une date plus ancienne, c'est que le nombre des
lignes, aux pages entières, varie singulièrement.
Voici quelques indications prises au hasard : 2ᵉ livre,
fol. i, 26 lignes; *idem*, fol. ii, 27 lignes. — 3ᵉ livre,
fol. liii, 25 lignes. — 4ᵉ livre, fol. i verso, 22 lignes ; *idem*, fol ij recto, 21 lignes ; *idem*, verso, 23
lignes.

En tête du volume se trouve une gravure sur bois, dont M. de Castellane (*loc. cit.*, p. 19) a donné une copie peu fidèle, d'après l'exemplaire de la *Imitacion*, appartenant à M. Bouchet-Doumeng, de Montpellier. (V. pl. IX.)

Cette figure représente Jésus portant sa croix. Derrière Jésus un personnage à genoux s'écrie :

> Riens je ne puys Seigneur sans toy
> Penser parler de (*sic*) bien ouvrer
> Pourtant après toy tire-moy
> Et t'en suyvray sans point errer.

Jésus, en le regardant, lui dit :

> Si tu veux venir apres moy
> Charge ta croix toi desnyant.
> Tes concupiscences et toy
> M'ensuyuras en mortifiant (1).

N° 4. A la suite de la *Ymitacion* se trouve un traité de saint Augustin, que M. de Castellane a décrit le premier (*loc. cit.*, p. 20). En voici le titre : *Le schele de paradis. S'ensuyt ung petit et singulier traictie de sainct Augustin appelle le schelle* (sic)

---

(1) Cette légende se trouve aussi au verso du 1er f. de la 2e édit. de l'*Imitation de Jésus-Christ*. Paris, Jean Lambert, 1493, in-4° goth.

D'après le *Catalogue Michelin*, Potier, 1864, la légende de l'acolyte de Jésus présente quelques variantes :

> Se te veulx venir apres moy
> Charge ta croix incontinant.
> Tes concupiscences, etc.

de paradis : ou est contenu l'office de lecon (sic)
meditacion : oroison et contemplacion.

In-4° goth., 16 ff. réunis en deux cahiers de 8 ff.,
signés a-b. Le dernier est blanc et manque dans
l'exemplaire Doumeng. Au verso du faux titre existe
une figure sur bois, du même style que celle de la
Ymitacion. Elle représente Jésus, un pied sur la
boule du monde, montrant au personnage placé à
genoux près de lui l'échelle de paradis, au haut de
laquelle on aperçoit une multitude d'anges.

La légende de l'acolyte de Jésus est ainsi conçue :

> Sans toy Sire rien ne puys
> Faire dire ne bien penser
> Las encores mondain suys
> En toy seul fays moy repouser.

A quoi Jésus répond :

> Se veuls ce monde mespriser
> Moy ensuyr en fais en dis
> Per ces degres porras monter
> Au realme de paradis.

Sur chacun des degrés de l'échelle placée à la
gauche du Christ on lit : *Contemplacion orayson
meditacion leçon.* (V. pl. X.)

La *Ymitacion* et le *Schele de paradis* ont été
très-certainement imprimées en même temps; papier,
caractères, format, justification, gravures, etc., tout
le prouve.

Ainsi réunis, ces deux ouvrages constituent un

des plus beaux livres que nous ayons vus. Le papier
en est fort, sonore, d'un blanc légèrement fauve. Il
a pour filigrane *la main qui bénit* et le *p oncial
bifurqué*. On ne trouve dans le papier de l'*Echelle
de paradis* qu'un seul filigrane : c'est le *B*, que
nous avons déjà signalé dans le *Tractatus super
psalmorum*, de Pierre de Castrovol, 2ᵉ groupe,
p. 64. — Les caractères gothiques dont Mayer a fait
usage pour l'impression de l'*Ymitacion* sont remar-
quables par leur forme, leur netteté et surtout par
leur grandeur ; celui du texte a 9 points typographiques (4 millim.) et celui des têtes de chapitre en
a 12 (5 millim.) (1). (V. pl. XI et XII.)

Nous ne saurions dire si Henri Mayer fut l'inven-
teur de ces types, ou si, le premier, il les mit en
œuvre à Toulouse. Toujours est-il qu'en les comparant avec ceux de Jean Parix, ils attestent de très-
grands perfectionnements dans la gravure des poin-
çons et dans la fonte des caractères.

Comme tous les perfectionnements, ceux de la
typographie toulousaine se·sont produits successive-
ment. Il est facile de s'en assurer en comparant les
impressions de notre premier groupe d'incunables
avec celles du second. Mais, si l'on compare les impressions du deuxième avec celles du troisième,
c'est-à-dire les impressions de Jean Parix à celles de
Henri Mayer, la transition est si brusque et le per-

---

(1) Fournier, *Manuel typographique* (t. II, p. 143), signale ce
type sous le nom de *lettre de forme*.

fectionnement si grand, qu'il y a vraiment lieu d'être surpris.

Cela tient, probablement, à une circonstance que nous allons signaler. A part le *Scotus pauperum*, que nous supposons avoir été imprimé vers 1486, — et dont le plus gros des caractères se rapproche de celui du texte de l'*Ymitacion*, — l'on ne connaît aucun livre imprimé à Toulouse durant une période de huit années, c'est-à-dire de 1480 à 1488.

Que s'est-il passé? quels livres ont été imprimés pendant cette lacune? Un nouvel imprimeur vint-il s'établir à Toulouse et faire concurrence à Jean Parix?

Le *Legenda aurea* (v. 2ᵉ groupe, pp. 76 et 77), que nous n'avons jamais vu, et qui résoudrait peut-être le problème, renferme-t-il les nuances de perfectionnement propres à combler la lacune que nous venons de signaler? Nous n'en savons rien.

Il est évident que depuis 1480 jusqu'à 1488 les imprimeries ne chômèrent pas à Toulouse, et que Jean Parix continua de faire rouler ses presses, puisque, en 1489, nous le retrouvons imprimant à Toulouse plusieurs ouvrages en compagnie d'Estévan Clébat.

Avant cette association, Estévan Clébat avait-il imprimé seul pour son compte? avait-il, de son côté, apporté quelques perfectionnements à son art? Il n'y aurait rien d'impossible à cela.

Nous connaissons cinq exemplaires de la *Ymitacion de Ihesu-Christ*, imprimée à Tholouse en 1488, par Henry Mayer :

1° Celui dont nous avons déjà parlé, appartenant à M. Bouchet-Doumeng, dont M. de Castellane a donné la description dans son *Essai de catalogue*, etc. Il ne manque à cet exemplaire, d'une admirable conservation, que le f. blanc qui termine le *Schele de paradis*. C'est aussi dans cet exemplaire que nous avons puisé les nombreux détails indiqués ci-dessus et relevé les gravures que nous donnons ici.

2° Celui de la bibliothèque impériale. Incomplet du 1er f. de l'*Imitation* et de le *Schele de paradis*.

3° Celui du docteur Teilleux. Comme celui de la bibliothèque impériale, il est incomplet du 1er f. de l'*Imitation* et de le *Schele de paradis*.

4° Celui de M. Ricard (1), manufacturier, à Vabre. Les deux premiers ff. de la *Ymitacion* et le *Schele de paradis* manquent à son exemplaire.

5° Celui de M. Vésy, bibliothécaire à Rodez. Il est imprimé sur vélin. Malheureusement, le 1er f. de la *Ymitacion* et les deux derniers de le *Schele de paradis* manquent à ce bel exemplaire, qui ne contient pas non plus les deux gravures décrites plus haut.

Comme complément de recherches, nous croyons devoir mentionner ici le beau manuscrit de l'*Imitation de Jésus-Christ*, appartenant à la bibliothèque

---

(1) M. Ricard nous ayant cédé le volume de mélanges, que nous avons minutieusement décrit dans la *Chasse aux incunables*, les différents ouvrages qu'il renfermait font aujourd'hui partie de notre bibliothèque.

impériale, et dont le titre, le texte et les figures sont absolument semblables à ceux de l'*Imitation* imprimée par Henri Mayer.

Ce manuscrit porte, aujourd'hui, le n° 909 du fonds français. Voici la description qu'en donne M. Paulin Paris dans ses *Manuscrits français de la bibliothèque du roi*, t. 7, pp. 276-278 : « Vol. » in-4° parvo, vélin, de 101 ff. (1) à longues li-» gnes (2), deux miniatures initiales ; premières an-» nées du seizième siècle. Relié en mar. rouge, aux » armes de France sur les plats, à la fleur de lis du » régent sur le dos.

» Manuscrit dont l'exécution rappelle celle du livre » des *Echecs amoureux*, et qui fut écrit, soit pour » François duc d'Angoulême, soit pour sa sœur » Marguerite, sous le règne de Louis XII. Dans la » première vignette est l'écu des ducs d'Orléans. La » miniature du frontispice représente Jésus portant » sa croix, et, derrière, un personnage en manteau » et chaperon rouge fourré d'hermine, agenouillé. » Le même personnage est encore agenouillé près » de Jésus-Christ dans la seconde miniature placée » au-devant de l'*Echelle de Paradis*. »

L'existence de ce manuscrit soulève une question qui se présente tout naturellement à l'esprit. : A-t-il

(1) Le manuscrit n'a que 90 ff. seulement, en y comprenant 3 ff. blancs au commencement et 3 ff. de table. (Note du Dr D.-B.)

(2) 36 par page d'une écriture fine, appartenant à la fin du quinzième siècle ou au commencement du seizième. (Id.)

été exécuté avant ou après l'édition de Henri Mayer?
M. P. Paris, on vient de le voir, pense qu'il date
des premières années du seizième siècle, et que son
exécution rappelle celle des *Echecs amoureux*, manuscrit qui fut écrit soit pour François Ier, soit pour
sa sœur Marguerite.

Nous nous garderons bien d'aller à l'encontre de
l'assertion du maître, mais nous lui demanderons la
permission de lui soumettre les observations suivantes :

1° Quoiqu'il existe, à n'en pas douter, des manuscrits exécutés d'après des livres imprimés, ce fait
pourtant n'en était pas moins rare à la fin du quinzième siècle. Et puis, nous l'avouerons, nous avons de
la peine à croire que d'habiles miniaturistes se soient
condamnés à copier des gravures sur bois aussi gros-
sièrement travaillées que celles de l'*Imitation* et de
l'*Echelle de Paradis*.

2° Il est hors de doute que le manuscrit *des
Echecs amoureux* a été exécuté pour Louise de Savoie, ou, par son commandement, pour ses enfants,
puisque, « dans la dernière miniature, une fenêtre
» présente *les armes d'Orléans demi-écartelées de
» Milan et parties de Savoie.* »

La même certitude existe-t-elle pour *la Ymitacion
Ihesu-crist?* Nous ne le pensons pas.

Les armes *d'Orléans demi-écartelées de Milan*
n'y sont pas figurées, et, au lieu de ces armes, on
remarque, au bas de l'encadrement qui entoure la

première miniature, les armes de Charles d'Orléans. (V. le P. Anselme, t. 1, p. 209.)

3° On trouve, sous le n° 24 de *la Bibliothèque de Charles d'Orléans*, publiée par M. Ed. Sénemaud, l'article suivant : « *Item*. Le libre de *la ymitacion* » *Iesu-Crist* et *mesprisement du monde*, et *l'Es-* » *chelle de Paradis*, escript à la main et en par- » chemin, historié, couvert de satin violet et sans » fermoers. »

Ne serait-ce pas le même exemplaire que celui qui porte aujourd'hui le n° 929, et qu'on aurait fait re-lier en maroquin aux armes de France sur les plats, et à la fleur de lis du régent sur le dos ?

4° On comprend très-bien que Louise de Savoie ait mis entre les mains de ses enfants *le Jeu d'échecs amoureux*, qui renferme des histoires, plus ou moins divertissantes, il est vrai, mais qui, en somme, pou-vaient amuser et intéresser le jeune prince et sa sœur; mais, franchement, nous hésitons à croire que la régente ait fait exécuter pour eux un livre d'un ascétisme aussi rigoureux que l'*Imitation de Jésus-Christ,* livre qu'ils n'étaient certainement pas en âge d'apprécier et de comprendre.

5° Enfin, quoique l'édition de Toulouse soit la plus ancienne de toutes celles que nous connaissons, il ne nous est pas démontré qu'elle soit la première. En fait de contrefaçon, Henri Mayer nous est fort sus-pect, et nous le prouverons tout à l'heure. Dès lors, si notre supposition était vraie, nous croirions à l'existence d'une édition de Paris, antérieure à celle de Toulouse, imprimée d'après le manuscrit de Charles d'Orléans, et dont Mayer donna, en 1488, une contrefaçon plus ou moins exacte.

Ajoutons en terminant, que cette traduction date, suivant Barbier, de l'année 1450. Or, de 1450 à 1488, bien des copies ont dû circuler en France. Par conséquent, de ce que l'*Imitation* a été *translatée en la cité de Tholouse* (en 1450), il ne s'ensuit pas nécessairement que l'édition de Mayer ait été imprimée sur le manuscrit original.

N° 5. Boetius (Anicius Torq. Severinus).

« Boecio de consolacion tornado de latin en rromance por el muy rreuerendo fray Anton Ginebreda maestro en la santa theologia de la orden de los prédicadores de Barcelona (1). »

Despues de este titulo sigue en blanco la secunda pagina : la tercera en cabeza con « el prohemio » el cual con la tabla de los cinco libros occupa 8 hojas. A la vuelta de esta ultima hay un grabado en madera que representa el acto de ofrecer el libro a un rey que se halla sentado en su trono, con estas dos leyendas :

(1) La Serna, ignorant l'existence de l'édition que nous décrivons ici, considérait l'édition suivante comme la première de cette version espagnole :

Boecio de consolacion e Vergel de consolacion, *traducido por Antonio de Ginebreda, del orden de Predicadores.* En Sevilla, Menardo Ungut, Lanzalao Polono, 1497, in-fol. (V. La Serna, art. *Boecio*)

« Alto principe exelente   De vos doctor muy prudente
Rey poderoso señor   Muy sotil muy inuentor
Tomad pequeño presente   Quiero muy de buenamente
De pequeño servidor.   Recebille con amor. »

Empieza despues el texto de los cincos libros hasta su conclusion, lo cual occupa 74 hojas. Al fin de la segunda columna de esta ultima dice:

« Aqui feneçe el libro de consolacion de Boeçio, el qual fué impreso en Tolosa de Francia, por maestro Enrique Mayer Aliman, e acabose a quatro dias del mes de julio. Ano del nasçimiento de Ntro Senor Ihuxpo, de Mill, e quatrocientos, e ochenta e ocho anos. »

Es un tomo in-4° mayor a dos columnas, letra tortis, cum foliacion romana y signaturas. Las nueve primeras hojas no estan foliadas y su signatura es la continuacion de la del texto. Los folios de este estan equivocados, pues pasa del 1 al 3 y se pone XV en vez de ser XIII. La obra completa consta de 83 hojas, de papel fuerte y perfectamente conservado. Existe en la biblioteca del ministerio de Fomento.

Segun el proemio de esta obra, ya se habia intentado por algunos ponerla en romance, y uno entre ellos la dirige o dedica al Infante de Mallorca, pero adoleciendo la dicha esposicion de varios defectos, como son la supresion de la cuarta y quinta prosas y el tercero y cuarto metros del quinto libro, y la historia de Theodorico y persecucion de Boecio, Bernal Juan Doncel, morador de Valencia, rogo a fray Antonio Ginebreda, de la orden de predicadores

de Barcelona , que supliese aquellos defectos y diese
completa la obra. Este proemio, escrito por el mismo
Ginebreda , revela que antes que él hubo otros que
tradujeron el Boecio ; pero no se colige si la traduc-
cion o traducciones anteriores llegaron a imprimirse.
Debe creerse que no, cuando ninguno de los que se
han ocupado de estas antigüedades hace mencion
de ella.

Este ejemplar decide la cuestion de si es Tolosa de
Espana o Tolosa de Francia , en donde imprimio
Enrique Mayer el libro *De proprietatibus rerum* ,
pues en la inscripcion , al fin de este, se dice que es
Tolosa de Francia en donde fué impreso por el es-
presado Enrique Mayer el Boecio. »

Tel est le texte original de l'article du *Boletin*,
bibliografico espanol qui nous a fait connaître l'existence de ce rarissime volume. Nous croyons devoir
l'accompagner d'une traduction française, à cause de
la nomenclature bibliographique peu familière à la
plupart des lecteurs.

TRADUCTION.

Bulletin bibliographique espagnol. Rédacteur-
éditeur, don Denis Hidalgo. 1re année, n° 1 (1er janvier 1860), p. 8.

N° 41. Boëce , *De la consolacion*, traduit du latin
en langue espagnole, par le T.-R. P. frère Antoine
Ginebreda, professeur de philosophie, de l'ordre des
Frères prêcheurs de Barcelone.

Le verso du titre est blanc; l'avant-propos et la

table occupent 8 pages. Au verso du huitième feuillet se trouve une gravure en bois représentant l'auteur offrant son livre à un roi assis sur son trône. Au-dessous sont ces deux légendes :

Grand et excellent prince   De vous, docteur très-prudent,
Roi, puissant seigneur,   Très-subtil, très-ingénieux,
Daigne accepter ce petit présent   J'accepte avec bienveillance
De ton humble serviteur.   Et avec amitié votre présent.

Le livre contient soixante et quatorze feuillets, et à la seconde colonne du dernier feuillet on lit : Ici finit le livre *De la consolacion* de Boëce, lequel a été imprimé à *Tolosa de France*, par maître Henri Mayer Alaman, et a été achevé d'imprimer le 4 juillet, l'an de Notre-Seigneur Jésus-Christ 1488.

Ce volume, parfaitement conservé, appartient à la bibliothèque du ministère *de Fomento*. C'est un petit in-fol. gothique, à deux colonnes ; les chiffres et les signatures sont en caractères romains. Les neuf premiers feuillets ne sont pas paginés et leur signature est la continuation de celle du titre ; les feuillets qui suivent sont mal signés ; du n° I on passe au n° III, et le feuillet XIII est signé XV. L'ouvrage complet contient quatre-vingt-trois feuillets ; il est imprimé sur papier fort.

Il paraît, d'après l'avant-propos, que plusieurs personnes avaient essayé déjà de traduire Boëce en espagnol, et que l'un des auteurs avait dédié sa traduction à l'infant de Majorque ; mais comme elle se trouvait entachée de plusieurs défauts, tels que la suppression des quatrième et cinquième commentaires, l'absence des troisième et quatrième vers du cinquième livre, l'histoire de Théodoric et la persécution de Boëce, Bernard-Jean Doncel, habitant de Valence, pria le F. Antonio Ginebreda de corriger ces défauts et de compléter l'ouvrage. L'avant-propos, écrit par le même Ginebreda, constate qu'avant lui d'autres avaient traduit Boëce; mais il n'est pas prouvé que leurs traductions aient été imprimées. On doit croire que non; car aucun de ceux qui se sont occupés de livres imprimés au quinzième siècle ne mentionne ce fait.

Cet exemplaire décide la question de savoir si c'est à Toulouse d'Espagne ou à Toulouse de France qu'Henri Mayer imprima le livre *De proprietatibus rerum*, puisque la souscription porte que c'est à *Toulouse de France* que le Boëce dont nous parlons a été imprimé par ledit H. Mayer.

Nous compléterons cette description en y ajoutant quelques détails consignés dans la lettre de l'un de nos correspondants de Madrid, M. Pedro de Madrazo, peintre de la reine. Après avoir exactement reproduit le titre de la souscription, il ajoute :

« L'avant-propos et la table analytique de l'œuvre » occupent sept feuilles et demie. Au verso de la » huitième feuille se trouve une gravure sur bois, » qui remplit toute la page, représentant un roi assis » sur son trône et recevant un livre des mains d'un » moine agenouillé devant lui. A droite et à gauche

» sont des courtisans richement costumés, à la façon
» du quinzième siècle. Au-dessus du trône, deux
» anges soulèvent des rideaux au sommet desquels
» est un aigle tenant un écusson aux armes de Cas-
» tille et d'Aragon.

» Cette grande vignette, malgré le travail grossier
» du graveur, est remarquable par le beau dessin des
» draperies, qui tient de l'école flamande contempo-
» raine plus encore que de l'école florentine.

» Les filigranes que l'on trouve dans ce curieux
» volume sont : *la main qui bénit*, *le P bifurqué*,
» *le maillet*, et une autre marque dont la forme se
» rapproche du B ou du R. Ce filigrane se trouve
» reproduit dans la *Chasse aux incunables* de
» M. Desbarreaux-Bernard (pl. 5, fig. 9), qui l'avait
» rencontré dans le papier du *Fortalicium fidei*. »
(V. pl. 5, fig. 11, 12, 13, 14, 15.)

» La *main qui bénit* se rencontre... (suit le n° des
» feuillets dans lesquels se trouvent les marques in-
» diquées ci-dessus).

» Il est fort possible, malgré la conscience que
» j'ai mise dans l'examen de ce volume, que quel-
» ques marques aient échappé à mes recherches ;
» car tous les filigranes, sans exception, se trouvent
» dans le milieu de la seconde colonne et sont en
» quelque sorte noyés dans les caractères d'impri-
» merie.

» Jamais, dans ce livre, on ne trouve de filigrane
» dans la marge du dos, ni dans la colonne inté-
» rieure. »

Ces dernières indications nous prouvèrent que le rédacteur de l'article du *Bulletin de Madrid* s'était trompé en donnant au *Boecio* le format grand in-4°.
— L'absence du filigrane dans la marge du dos, sa position au milieu de la feuille dans la colonne de droite établissent fort clairement que le format de ce livre est petit in-folio. Du reste, la direction des pontuseaux aurait suffi seule pour le démontrer, si l'on s'était donné la peine d'y regarder de près.

Nous terminerons cette note en faisant observer que rien, dans la description du *Boletin bibliografico* de M. Denis Hidalgo, ni dans celle de notre correspondant de Madrid, ne fait soupçonner qu'on ait surchargé le texte de la souscription finale du *Boecio* des deux mots DE FRANCIA.

Cette addition *serait*, selon M. Hubaud, *le fait du rédacteur du catalogue* (1), *qui, partageant les errements de M. D.-B..., a cru faire preuve d'intelligence en ajoutant les deux mots* DE FRANCIA (2).

Nous en demandons bien pardon à notre honorable contradicteur; mais dès que la critique s'abandonne à de telles insinuations, elle affirme son impuissance.

Nier n'est pas répondre. Le *Boecio... el qual fue*

---

(1) M. Hubaud a-t-il bien réfléchi, en attribuant la prétendue surcharge, dans la souscription du *Boëce*, à un Espagnol? Nous ne le pensons pas.

Nous aimons mieux croire, si elle eût réellement existé, que M. Denis Hidalgo se serait fait un devoir de la signaler.

(2) V. l'*Examen critique*, p. 19.

impreso en Tolosa de Francia, est un fait que rien ne peut détruire. Le savant critique marseillais aura beau entasser arguments sur arguments, Pélion sur Ossa, nous lui répondrons toujours par ces mots : *Boecio... el qual fue impreso en Tolosa de Francia*, et c'est le cas ou jamais de renverser l'axiome bien connu, et de dire à ce sujet : *l'esprit tue et la lettre vivifie*.

N° 6. *Stilus curie parlamenti domini nostri regis per quem stiluz omnes curie supreme parlamenti tocius regni Francie reguntur et gubernantur ac domini officiarii et curiales ejusdem.*

Ce titre, composé de quatre lignes, se trouve au recto du 1er f. dont le verso est blanc. On a rejeté la signat. a-j au bas du 2e f. — En tête de ce f. on a reproduit le titre ci-dessus en ajoutant ces mots : *Editus a magistro Guillermo de Brolio. Feliciter incipit.*

In fine : Opus stili parlamenti curie finit feliciter.

In-4° goth. s. l. et a° (Toulouse, H. Mayer, 148.?), de 98 ff. chiffrés en tête au milieu du recto, 26 lignes aux pp. entières. 12 cahiers de 8 ff. chaque ; excepté le dernier, qui en a 10 ; ils sont signés a-m. Les deux ff. qui complètent le cahier *m* ne sont pas chiffrés ; l'un contient la fin de la table et l'autre est blanc.

Le papier est fort, un peu fauve et bruit quand on l'agite. Il a pour filigrane *la main qui bénit, avec une petite lyre dans la manchette*. Cette petite lyre isolée se rencontre dans plusieurs ff. du volume. (V. pl. 3, fig. 16.)

Cet ouvrage, — que nous croyons fort rare, — nous a été indiqué par M. Vésy, bibliothécaire de la ville de Rodez.

Si nous l'avons placé à la suite de la *Ymitacion*, c'est que les éléments qui le constituent sont en tout semblables à ceux de ce dernier ouvrage. Papier, caractères, justification, provenance (1), rien ne manque à l'identité. Nous n'hésitons donc pas à en attribuer l'impression à Henri Mayer. (V. pl. 13.)

Nº 7. *Tractatus de modo vacandi beneficiorum.*
Tractatus de modo acceptandi beneficia.
Modus seruandus in executione seu prose
Cutione gracie expectative.

In-4º goth. s. l. et aº. 10 ff. s. chiffr. ni réclam.; signat. a. — Papier et caractères semblables à ceux du *Stilus parlamenti*. Pour filigrane *la petite lyre*. (Pl. 3, fig. 16.)

Imprimé par H. Mayer, appartient à la bibliothèque de Toulouse. Il était relié à la suite d'un exemplaire du *Stilus parlamenti* récemment découvert.

Nº 8. Bartholus ou Bartolus de Saxo-Ferrato. — *Tractatus judiciorum. Processus Sathane contra genus humanum.*

In-4º goth.

(1) Il est relié avec une édition de l'*Arestum querele*, imprimée à Toulouse au quinzième siècle et que nous décrirons à sa date.

A la suite des deux ouvrages précédents se trouve le petit traité de Barthole dont nous venons de donner le titre. Malheureusement le volume est incomplet et il n'en reste que deux cahiers de 8 ff. signés A-B, et dont la signature est placée sur le 2ᵉ.

Le papier, les caractères sont identiques avec les différents ouvrages imprimés par Mayer. Pour filigrane : 1° *la main qui bénit, avec un cœur percé d'une flèche dans la manchette ;* 2° *une petite fleur de lis.* (V. pl. 3 et 4, fig. 17 et 18.)

N° 9. Thomas Valois et Nicolas Triveth (1). — *Sacre pagine professorum ordinis predicatorum Thome Valois et Nicolai Triveth in libros beati Augustini de civitate dei commentaria feliciter inchoant.*

In fine : Commentaria eximii sacre theologie professoris fratris Thome Valoys anglici una cum complemento sacre theologie professoris fratris Nicolai Cerseth (sic pour Triveth) *super libris divi aurelii Augustini de civitate dei finit feliciter. Impres. Tholose per Henricum Mayer Alamanum. Anno Salvatoris M.cccc.lxxxviij* (1488) *die xij octobris* (2).

---

(1) Ce même ouvrage a été imprimé la même année à Louvain, par Joannem Westfal, in-fol. (V. Maittaire.)

(2) Triveth ou Treveth (Nicolas), historien et philosophe, né vers 1258, fut élevé par les dominicains de Londres. Il embrassa la vie religieuse, fut envoyé à Oxford, puis à Paris. De retour à Londres, il partagea sa vie entre l'étude et l'enseignement.

Le père Quétif cite trente-cinq ouvrages de lui, entre autres

In-fol. goth., à 2 col. ; signat. a-k. 88 ff. par cahiers de 8 ff. Le titre et le f. blanc de la fin manquent à l'exemplaire de la bibliothèque impériale.

Le papier est fort ; il a pour filigrane *la main qui
bénit*. Les caractères sont petits et très-nets.

Nº 10. *Franc. Mayronis Theologicæ* (sic) *veri-
tatis in Augustinum*. Tholosæ (*sic*), 1488.

(Maittaire , t. Iᵉʳ, p. 502).

Nº 11. *Thomæ Gorsii, commentarius in Augustinum de civitate Dei.*

Tholosæ , 1488.

(Maittaire, t. Iᵉʳ , p. 502).

Ces trois commentaires, de Triveth , Mayron et
Gorsius, sont cités par Maittaire, d'après Lœscher
(Valentino-Ernest) (1).

---

l'exposition des vingt-deux livres de *la Cité de Dieu* de saint Augustin.

Thomas Walley (ou Valois), autre dominicain anglais, conçut,
après Triveth, le dessein d'expliquer l'ouvrage de saint Augustin,
mais ne l'exécuta que sur les dix premiers livres. Dans la suite,
les copistes complétèrent son travail avec celui de Triveth.

La 1ʳᵉ édition de ce double commentaire est de 1473. — Ma-
guntiæ, per Petrum Schoiffer, in-fol. goth., de 364 ff., à 2 col.

En 1484, Colard Mansion traduisit, compila et imprima , à Bru-
ges , la première édition des *Métamorphoses moralisées ,* par Th.
Waleys.

Rabelais, au sujet de ce livre, a fort maltraité ce pauvre dominicain. (Voir, à ce sujet, le prologue de *Gargantua*.)

(1) *Stromata, seu dissertationes sacri et litterarii argumenti.* Wit-
temberg, 1724, in-8º. — Collection de notices sur les premiers
produits de l'imprimerie. (*Nouvelle biographie générale ,* Paris ,
Didot.)

Nº 12. Diego de Valera. — *Coronica de Espana.*
Tolosa , Henrico Mayer , 1489.

In-fol. goth., 176 ff., s. chiffr. ni réclam., à 2 col.
de 35 lignes aux pp. entières. ; signat. a-y. Le plus
grand nombre de cahiers est de 8 ff. Les cahiers F,
L, M, Q, n'ont que 6 ff. Le cahier Y en a 10. Le
dernier f., dont le verso est blanc, n'est imprimé, au
recto que sur une col. contenant 18 lignes , depuis
le mot *esta* , jusqu'au mot *gracias.* Les 6 premiers
ff. renferment la table des chapitres , en tête de laquelle on lit ce sommaire de 4 lignes : *Esta siguiente*
(sic) *Cronica illustrissima princesa* (1) *es partida
en quatro partes principales.* Le texte commence
au 7ᵉ f. , recto , 1ʳᵉ col. , par un autre sommaire en
12 lignes. Le voici : *Comiencia la coronica de Espana dirigida a la muy alta et muy excelente
princesa serenissima reyna et senora nuestre senora dona Ysabel reyna de Espana de Secilia et
de Cerdena. Duquesa de Athenas. Condesa de
Barcelona. Abreviada por su madado por mosen.
Diego de Valera su maestre sala. et del su
consejo.*

Au verso de l'avant-dernier f., 1ʳᵉ col. : *Fue aca-
bada esta copilaçion en la villa del puerto de
Santa Maria bispera de sant Juan de Junio del
ano del Senor de mill et quatro cientos et ochenta,
un anos seyendo el abreviador della e 1 hedadde
sesenta et nueve anos sia dadas infinitas gracias*

(1) Cette illustre princesse était Isabelle la Catholique.

*a nuestro Redentor et a la gloriosa Virgen su
madre senora nuestra.*

2° col... : *Agora de nuevo serenissima princesa
de singular ingenio adornada de toda doctrina
alumbrada de claro entendimento manual. Asi
como en socoro puestos ocuren con tan maravilloso
arte d scrivir do tornamos en las hedades aureas
restituendo nos por multiplicados codices en co-
nosçimiento de lo pasado presente et futuro tanto
quanto ingenio humano conseguir puede. Por na-
çion Alemanos muy espertos et continuo inven-
tores en esta arte de impremir que sin eror divino
delir se puede. De los quales alemanos es uno
Henrico Mayer d'maravilloso ingenio et doctrina.
Muy esperto de copiosa memoria familiar de
vuestra alteza a honra del soberano e immenso
Dios vero en essencia et trino en personas e a honra
de vuestro real estado e instruçion e aviso de los
de vuestros Reynos e comarcanos en la muy
noble cibdad de Tholosa fu impresa per el dicho
Henrico en el ano del nascimiento de nuestro Salvador Ihesu Christo de mill e quatro cientos e
ochenta e nueve anos. Deo gracias.*

Le papier de la *Cronica* est, en général, d'une certaine épaisseur ; cependant on y rencontre des feuillets
fort minces. Il a pour filigrane *la main qui bénit*, et
la *petite lyre* dans la manchette. (V. pl. 4, fig. 19.)

Les caractères sont les mêmes que ceux de l'*Imitation*. Ces deux ouvrages sont, sans contredit, les
chefs-d'œuvre d'Henri Mayer.

La description exacte que nous venons de donner de ce beau livre, d'après l'exemplaire de la bibliothèque de Marseille, nous permettra de relever quelques erreurs que renferment, au sujet de cet ouvrage, les deux dernières éditions du *Manuel du libraire*.

1° La *Coronica* n'a que 176 ff. et ne pouvait, dans aucun cas, en avoir 179, par la raison que, dans les incunables, les feuillets ne sont jamais impairs.

2° M. J.-Ch. Brunet donne 8 ff. à la table; elle n'en a que 6.

5° Enfin, le texte commence au 7ᵉ fol., recto, et non pas au 9ᵉ.

Ces erreurs ont sans doute peu d'importance, mais elles ont l'inconvénient d'un faux signalement, elles jettent de l'incertitude dans l'esprit de celui qui cherche.

Un motif plus sérieux nous a engagé à reproduire *in extenso* l'épître à la reine Isabelle, épître dans laquelle plusieurs bibliographes français ont cru trouver des preuves irréfragables en faveur de l'établissement de l'imprimerie à Tolosa d'Espagne au quinzième siècle.

Feu M. Hubaud, surtout, a beaucoup insisté dans sa dernière brochure (1), sur ce fait que, dans cette épître, Mayer « parle à la reine comme à sa souve-
» raine, qu'il lui rappelle qu'il est depuis bien long-
» temps (*de copiosa memoria*) à son service (*fami-*

_____

(1) *Loc. cit.*, p. 21.

» *liar de vuestra alteza*), et, par conséquent, devenu
» son sujet, etc. »

Il est certain qu'il n'y aurait rien à répliquer à de
pareils arguments, si l'édition de la *Cronica,* publiée
par Mayer, n'avait pas été précédée des éditions de
Séville et de Burgos.

Mais voici ce qu'a fait Mayer : il a reproduit, sans
plus de façon, textuellement et mot à mot, non-seulement l'épître à la reine Isabelle, qui se trouve dans les
éditions que nous venons de citer, mais encore le sommaire de la table et celui qui se trouve en tête du 7ᵉ f.

Il n'avait fait, du reste, qu'imiter l'imprimeur de
Burgos, qui, pas plus que Mayer, n'est l'auteur de
l'épître en question.

Aussi M. J.-Ch. Brunet, en décrivant l'édition de
Mayer, s'exprime-t-il ainsi à ce sujet : « ...Le dernier
» f. recto contient aussi l'épître à la reine Isabelle,
» morceau dans lequel ON A SUBSTITUÉ (1) aux noms
» de Michael Dachaver, qui se lit dans l'édition de
» 1482, et à celui de Federico de Basilea, qui est
» dans l'édition de 1487, les noms de Henrico
» Mayer, imprimeur du présent volume. »

Ainsi donc, on le voit, l'édition de Toulouse est
une contrefaçon de l'édition de Burgos, qui, elle-
même, est une contrefaçon de l'édition de Séville (2).

(1) Après ces mots : *de los quales alemanos es uno...*
(2) A propos des contrefaçons du *Speculum judiciale*, de Durandi,
La Serna fait cette réflexion : « On voit qu'en tout temps il y a eu
» jalousie de métier, et.que les imprimeurs ont cherché à se nuire
» réciproquement par des contrefaçons. » (*Loc. cit.*, t. II, p. 589.)

Il est donc évident, puisque Mayer n'est pas l'auteur de l'épître adressée à la reine Isabelle par Michael Dachaver, qu'à ce dernier seul, et non à Mayer, doivent se rapporter les inductions puisées dans l'épître, par M. Hubaud, pour le besoin de sa cause.

A la page 20 de sa dernière brochure, M. Hubaud nous reproche *de n'avoir pas même essayé de combattre son argument* (celui tiré de la *Coronica de Espana*). M. Hubaud se trompe, puisque, dans notre premier opuscule (1), nous avions été au-devant de l'objection en disant, p. 405 : « Restent maintenant, » 1° la *Coronica de Espana*, contrefaçon de l'édi- » tion originale imprimée à Burgos... » Est-ce clair?

Henri Mayer n'étant pas l'auteur de l'épître à Isabelle, nous croyons inutile de combattre une à une les objections que M. Hubaud avait fondées sur elle.

N° 13. *Quatro libros de las fabulas de Esopo : las extravagantes : otras de la translacion de Remigio : las de Aviano : las collectas de Alfonso y Pogio.* Tolosa, 1489; in-fol., avec fig. sur bois.

Cette édition, signalée par M. J.-Ch. Brunet, t. I, col. 99, « est portée sous le n° 1526 d'un catalogue » des libraires Payne et Foss, de Londres, pour 1824, » et y est annoncée comme *inconnue* à tous les » bibliographes. »

N'ayant jamais vu ce rarissime volume, nous étions fort embarrassé pour opérer son classement. Toute-

(1) *Mém. de l'Acad. des Sciences, Inscriptions et Belles-Lettres de Toulouse*, 3e série, t. IV, p. 393.

8

fois, connaissant l'habileté, disons mieux, les tendances de Mayer pour les contrefaçons, nous nous
sommes décidé à le lui attribuer, plutôt qu'à Jean
Parix, qui, en compagnie d'Estévan Clébat, imprimait aussi en 1489.

Nous ferons du reste remarquer que M. J.-Ch.
Brunet ne cite l'édition de Tolosa qu'après avoir
décrit celle de Zaragoza, imprimée la même année
(1489) par Juan Hurus. Or, comme il n'y a pas de
doute que cette traduction des *Fables d'Esope* fut
d'abord imprimée en Espagne avant de l'être en
France, notre supposition acquiert une certaine vraisemblance.

Nº 14. Mayron (François). — *Subtilissimi doctoris patris Francisci Maronis* (?) (ou plutôt Mayronis (1) *de ordine minorum aditiones in cathegorias Porphyrii et predicamento Aristotelis :
impressione dedit magister Henricus Meyer Theutonicus in civitate Tholosana anno incarnationis
Christi M.cccc.lxxxx, die vero xx mensis septembris.*

Pet. in-4º goth., à 2 col. avec signat. — A la fin,

(2) *Scoti discipuli...* Cujas fuerit Bassolius non invenio, qui dicat:
epitheto *ordinatissimi doctoris* pro illius temporis ratione, qua
illustrioribus viris agnomina affigebantur, ex optimo ordine, et
clara methodo, gaudet inter antiquos theologos. Secundus Antonius Andræas ex provincia Aragoniæ, fidelissimus per omnia sui
magistri sectator, *Doctor Dulcifluus* nuncupatus. Tertius, Franciscus
Mayronius, cognomento *Doctor illuminatus...* (*Annales Minorum,*
t. VI, p. 436.)

le monogramme d'Henri Mayer (v. pl. 15, fig. 1). Origine : Bibliothèque Saint-Jean, à Barcelone. Ne se trouve ni dans Mendez, ni dans Caballero.

Ce volume nous a été indiqué par M. Volger.

Nº 15. Guillaume de Guilleville. — *El peregri-nage de la vida humana, compuesto por fray Guillermo de Guilleville*. — *Traduzido en vulgar castellano, por fray Vincentio Mazuello, en To-losa*, por Henrique (Meyer) Aleman, 1490.

In-fol. goth. (1).

Cette édition, très-rare, a été mal annoncée, sous la date de 1480, dans la *Biblioth. hisp. vetus*. d'Au-tonio. — II, 311. — (V. l'*Essai de catal*., p. 22.)

___

(1) Voici la description de ce livre d'après Mendez (2e édit., Madrid, 1866, p. 156).

« Pelegrinage de la vida humana. »

Debajo de este titulo hay una grande estampa, abierta en madera (con la que se llena toda la plana), que representa un ermitaño con una espada desnuda en le derecha y un bordon en la izquierda. En la hoja siguiente :

« Comienza el prologo del transladador de este libro intitulado : » *El Pelegrinaje de la vida humana*.

» A honor, e gloria de Dios todo poderoso por obedecer a la » demanda de la muy Alta e muy Excelente princessa Juana de » Labal, por la divina providencia rreyna de Ihrlm e de Cicilia, » duqueza de avion e d'bar. Condesa de Provensa, vo so homill » servidor e subiecto indigno de ser aqui nombrado reputando su » rrequesta por singular mandado tome pena de trasladar el pre- » sente libro de metro en prosa sometiendome a su correcion e » mas benignam intrepretacion de los otres que meyor pasar lo » sabran e emendar do les paresciere falloso. E esto siguiendo » mas propriamente la propriedad e sentencia de los vocablos del » componedor, que fue un muy notable rreligioso e letrado

N° 16. Barthélemy Glanville. — *El libro de propieta* (sic) *tibus rerum*.

Ce titre, ainsi disposé, est placé sur le recto du 1er f., au-dessous d'un large écusson, aux armes d'Espagne ; surmonté d'un aigle éployé couronné. (v. pl. 14 bis).

A la fin : *Feneçe el libro de las propiedades de las cosas trasladado de latin en romançe por el reverendo padre fray Vinçente de burgos. Emprimido en la noble çivdad de Tholosa por Henrique Meyer d'Alemana a honor de Dios e d'nuestra Senora. E al prouecho de muchos rudos e ynorantes, acabose en el ano del Senor de mil e quatro çientos e noventa quatro a diez e ocho del mes de setiembre* (18 septembre 1494).

Au-dessous de cette souscription, le monogramme de Henri Mayer (v. pl. 15, fig. 1).

In-fol. goth. de 320 ff., à 2 col. de 47 lignes aux pp. entières, sans chiffr. ni reclam.; signat. a-o. A-

» muy profundo llamado fray Guillelmo de Guillevila, de la aba
» dia d'Chalis-Cerca, de la cibdade Santlis. »
Comienza la tabla , etc.
Y acaba :
«Fenesce el quarto libro e vltimo del Pelegrinaie humano,
» trasladado de Frances en Castellano, por el reverendo padre
» presentado fray Vicente Maçuelo, a istancia del honorable senor
» maestro Henrico Aleman, que con grande diligencia lo hizo im
» primir en la villa de Tholosa , en el año del Señor mille quatro
» cientos xxxx. »
Tomo en folio; existe en la real Bibliotheca , y en la del Colegio de N. P. S. Augustin de Alcala.

M. aa-pp. Les cahiers sont presque tous de 8 ff. ; —
quelques-uns n'en ont que 6; un seul n'en a que 4 :
c'est le dernier.

Le papier est fort, d'un blanc légèrement fauve,
sans filigrane. Les caractères sont plus petits que
ceux de l'*Imitation*. Le texte est accompagné de fig.
sur bois.

Cet ouvrage est de Barthélemy Glanville, « philo-
» sophe anglais du quatorzième siècle. Il apparte-
» nait à la famille des comtes de Suffolk et entra
» dans l'ordre des Franciscains » (*Biogr. Didot*).

Son livre est une véritable encyclopédie, dans
laquelle il traite de toutes les connaissances humai-
nes : philosophie, cosmographie, astronomie, géogra-
phie, physiologie, médecine, histoire naturelle, etc.,
etc. ; rien ne lui est étranger. Il est facile de s'apercevoir, en le lisant, que l'auteur avait fait une étude
approfondie des écrivains anciens, mais principale-
ment d'Aristote, de Pline et des Pères de l'Eglise.

L'ouvrage de Glanville est divisé en 19 livres. La
Biographie Didot annonce que *certains manuscrits
de cet ouvrage contiennent un vingtième livre, sur
les nombres, les mesures, les poids et les sons* (1).

_____

(1) Ce 20ᵉ chapitre a-t-il réellement existé ? Nous en doutons :
car voici ce qu'on lit dans la traduction de Jean Corbichon, sous
la rubrique suivante : *De la récapitulation de ce qui est dit cxlviii.*
   « Ce qui est briefuement dit des accidens des choses naturelles,
» si comme des couleurs, des saueurs des odeurs : des liqueurs :
» des mesures des poys : des voix : et des sons suffise quant à
» présent : car je croy que aux rudes et petis comme je suis doit

Nous ne sommes pas en mesure pour infirmer ou affirmer ce fait ; mais ce qu'il y a de sûr, c'est que le 19° chapitre de l'exemplaire que nous venons de décrire et qui appartient à la bibliothèque impériale, traite précisément des matières signalées par la *Biographie Didot* comme appartenant à un vingtième livre.

Voici le titre du livre XIX de l'édition de Tholosa :

Libro XIX. *De los colores, de los olores, de los sabores, et de los liquores, et de los huenos, et de la diferençia de los numeros, et de los medidos et pesos, de los sonos de musica et de sus propriedades.*

La première édition, avec date certaine du livre de Glanville, parut à Strasbourg en 1480. Il ne tarda pas à être traduit dans toutes les langues. On est à peu près sûr que Will. Caxton en publia une traduction anglaise vers 1470.

La première traduction française datée est celle de Jean Corbichon. Elle a été imprimée à Lyon en 1482, par Matthieu Hus (J.-Ch. Brunet, art. *Glanville*).

N° 17. Mendez, après avoir reproduit, p. 138 (édit. de Madrid, 1866), la marque de Henri Mayer (1), ajoute : « El mismo escudo, aunque mas

_____

» suffise (*sic*) ; ce qui est dirige en xix parties de ce volume des
» propriétés des choses naturelles... »

(1) Au mois de septembre 1865, en poursuivant à la bibliothèque impériale nos recherches sur les incunables toulousains, nous trouvâmes dans un volume imprimé par Henri Mayer : *El libro de*

» reducido, se encuentra en *el libro del dialogo del*
» *bienaventurado senor san Gregorio papa* : en el
» cual no se espreso lugar ni fecha de ano de im-
» presion. »

C'est donc un ouvrage de plus à ajouter à la liste
de ceux imprimés par H. Mayer. Il est fâcheux que
Mendez n'ait pas pris la peine de décrire cette édition
des *Dialogues de saint Grégoire.*

Elle n'est pas mentionnée dans le *Manuel* de
M. J.-Ch. Brunet.

N° 18. *Arrestum querele.*

*In fine : Arestum querele de novis dissaisinis
finit feliciter. Impressum Tholose die septimo
mensis decembris. Anno Domini millesimo quadringentesimo nonagesimo sexto* (1496).

In-4° goth. de 12 ff. ; 2 cahiers de 6 ff. chaque ;
sans chiffr. ni réclam. Signat. a-b. (goth.) à longues
lignes de 51 par pp. entières.

Le titre, sur une seule ligne, est en lettres gothiques absolument semblables à celles des têtes de
chapitre de l'*Imitation* et du *Stilus parlamenti*
(n° 4, 3ᵉ partie). Le texte est en lettres plus petites
que celles des deux volumes que nous venons de
citer. Nous n'hésitons pas à attribuer à Henri Mayer
cette 5ᵉ édition de l'*Arestum querele* (V. les nᵒˢ 1 et
10 de la 2ᵉ partie).

proprietatibus rerum, la marque de cet imprimeur, que l'éditeur de
Mendez a reproduite en négligeant toutefois les points placés sur
les jambages du *m*. (V. *Revue de Toulouse*, mai 1866.)

Le papier est fort, d'un blanc un peu roux. Il a pour filigrane *un écusson fleurdelisé* (V. pl. 4, fig. 20).

Une chose digne de remarque, c'est que cet écusson est tout à fait semblable aux armes des comtes d'Estaing, et que ce volume, qui appartient à la bibliothèque de Rodez (fonds des Chartreux), porte, sur le titre, la signature d'un membre de cette famille illustre : *P. Destaings.* Cette famille possédait-elle une papeterie sur le Lot ? Cela nous expliquerait le dessin du filigrane (1).

N° 19. *De ludo scachorum.* En tête du 2ᵉ f. on lit :

Incipit libellus de ludo scachorum et de dictis factisque nobilium virorum philosophorum et antiquorum prologus libelli. In fine :

Explicit doctrine vel morum informatio accepta de modo et ordine ludi scachorum. Deo gratias.

In-4° goth. de 60 ff. de 29 lignes aux pp. entières.

---

(1) Les d'Estaing portaient d'azur à 3 fleurs de lis d'or (*a*), au chef de même. — On trouve ce filigrane dans le papier des livres imprimés à Cologne, Ioh. Guldenschoff. — A Bruxelles, *Fratres communis vitæ.*

A Paris, *Vocabularius utriusque juris,* 1476.

Idem, *Adversus hereticos,* Guill. Ockam.

Idem, *Liber sententiarum,* Gregorius Ariminius.

A Lyon, *De proprietatibus rerum.* S. l. et aᵒ.

(*a*) « Philippe-Auguste, ayant été renversé de son cheval, à la bataille de Bo-
» vines, Déodat, ou Dieu-donné d'Estaing, contribua puissamment à tirer le
» roi du danger qu'il couroit, et sauva même son *escu.* Le brave chevalier de-
» manda et obtint, pour prix de ce service, l'honneur d'ajouter une troisième
» fleur de lis aux deux que portoit déjà l'écusson de la maison d'Estaing. »
(*Œuvres de Boileau,* édit. d'Amar, t. I. Sat. V, note 2).

S. l. et a°, s. chiffr. ni réclam. Signat. a-h. — Tous
les cahiers sont de 8 ff. , excepté le dernier, qui n'en
a que 4. Le 1er f. est blanc. Il ne porte au recto que
le titre sur une seule ligne. Le papier a pour filigrane *la main qui bénit*.

Cet exemplaire est celui cité par M. de Castellane
(*loc. cit.*, p. 15). Cet auteur, en comparant cette 2e
édition à la précédente (n° 4, 1re série), ajoute : « le
» papier et les caractères sont meilleurs ; du reste ,
» aucun changement, etc. »

Aucun changement dans le texte , sans doute ;
mais il y en a beaucoup dans l'impression. Le papier
est plus fin , plus blanc que celui de l'édition de
1476. Les caractères , qui ont 7 points typographiques , sont évidemment d'une époque plus avancée,
et se rapprochent beaucoup de ceux de l'*Arestum
querele* de 1496.

QUATRIÈME GROUPE (de 1491 à 1500).

JEAN DE GUERLINS.

Typographes inconnus.

N° 1. *Les ordonnances faictes par le Roy nostre
Sire touchant le fait de la iustice du pays du Languedoc leuees publiees et enregistrees en la court
de parlement de Tholose.*

A la fin : *Cy finissent les ordonnances Royaulx.*

Impressus Tholose per Magistrum Johannem de Guerlins (1).

(1) Quoique le titre du livre en indique assez le sujet, nous allons en citer deux ou trois passages qui en feront comprendre l'importance et l'esprit.

«... Comme les gens des trois estats de nostre pais de Languedoc nous ayent plusieurs foiz fait supplier et requerir que nostre plaisir fut faire donner ordre on fait de la justice police entretenement diceluy pays reparer et faire cesser tous abbuz exactions detrimens et domaiges que noz subjectz ont porte et portent chescun jour tant à cause de la grant multitude et nombre excessif des notaires sergens et autres menuz officiers qui sont audit pais connu au moyen des multiplications des proces *immortels* qui y affluent prolicites des proces et procedures grans escriptz forme de proceder on fait de playdoiries salaires de juges advocatz procureurs greffiers et commissaires le stille du petit seel de Montpellier. et aussy au moyen de la diversite et confusion des provisions lettres et mandemens que sont continuellement donnees par la chancellerie de Tholose et les seneschaulx et juges dudit pais dont s'ensuyvent les ditz proces et plusieurs autres abbuz faultes et desordres prejudiciables a tote la chose publique de notre pais. sur quoy nous obstemperent de tres bon cueur a la requeste des dittes gens des ditz estatz pour le grant desir que nous avons de pourveoir aux choses dessusdittes et soulager nos ditz subjectz eussions des les estatz derniers tenuz on dit pais fais communiquer et praticquer avecques euls par nous commissaires pour adviser, etc., etc. »

Voici maintenant quelques-unes des modifications apportées à l'état de choses dont se plaignaient les requérants :

« *Item*, pour relever le peuple des grans fraiz et tauxations des notaires qui exigent grans sommes de deniers des proces qui se font de petites choses tellement que souventeffoiz les fraiz montent plus que le principal a este ordonne que des proces qui seront doresnavant esdictes cours ou il ne sera question que de trois livres tournois une fois poier ou au dessoubz. se vuyderont les ditz procez sommairement et de plain. et nen sera receue que

In-8° goth. , de 32 ff. de 32 lig. aux pp. entières. Les caractères sont très-nets, fort petits et ont à peine cinq points typographiques.

Quoique sans date, nous pensons que ces ordonnances ont été imprimées à Toulouse dans les premiers mois de l'année 1491 ; car on lit, à la fin du 106ᵉ article : « Donné à Moulins xxviij (*sic*) jour de » décembre lan de grace mil quatre cens quatre » vingts et dix et de notre règne le huictiesme. » Au-dessous du titre se trouve l'écusson royal.

C'est, jusqu'à présent, le premier incunable toulousain , de format in-8°, que nous ayons rencontré.

la premiere appellation au prochain juge royal a qui il appertiendra lequel fera apporter devers luy le proces *in prima figura* sans grosser...

» *Item* , et pour pourveoir aux querelles et plainctes que on fait des tauxations excessives des voyages et commissions des juges mages lieutenans et autres subroguez a faire enquestes executions d'arrestz ou autres commissions A esté advise et ordonne que dorsnavant les ditz juges mages lieutenans de seneschal clerc ou lay seront payez a deux escutz petitz par jour vallans cinquante et cinq solz tournoys et leur despens moderez et raisonnables a trois chevaulx seullement et non plus sur peine de lamende et de suspension de leurs offices, etc., etc...

» *Item*, les ditz notaires en ordonnant les proces nommeront à la premiere journee les noms du magistrast et des autres parties et advocatz dicelle qui comparesttront en la cause et es continuations des journeez ne y reitereront les noms des dictes parties advocatz et procureurs sy non qu'il y eust mutation dicelles parties advocatz et procureurs mais seulement y mettront *comparentibus coram tali judice vel locumtenenti*, delaissant les parolles superflues dont les dictz notaires ont accoustume de vser pour accumuler leurs proces sans aucun fruit... »

Nº 2. *Ad vsum ecclesie auxitane missale feliciter incipit.*

In fine :

Liber missalis ad vsum ecclesie metropolitane sancte Marie auxis ductu et impensa nobilissimi viri Hugonis de Cossio mercatoris Tolosani. Impressus ad laudem dei ejusdemque intemerate virginis Marie felici sidere explicit. Anno Domini M.cccc.xcj. die vero xiiij. mensis aprilis.

Pet. in-fol. goth., à 2 col., 25 lignes aux pp. entières. 294 ff. chiffrés, signés a-aa-gg-A-C, précédés de 8 ff. limin. non chiffr., dont le premier est bl., et qui ont pour signat. + i-iiij. Tous les cahiers sont de 8 ff., excepté C, qui n'en a que 6. Le cahier t. renferme deux gravures sur bois, une au verso du f. t iij, représentant le Crucifiement de N.-S., et l'autre, au recto du f. t iiij, représentant la Résurrection des morts. Ces gravures sont signées des initiales I D.

Les caractères sont de deux grandeurs : le plus grand a 10 points typographiques, et le plus petit en a 8. Les rubriques et la vignette sont imprimées en rouge.

Le papier a pour filigrane *un serpent couronné* (v. pl. 4, fig. 22), que nous avions déjà trouvé dans le *Marcus Tullius Cicero, de officiis amicitia senectute.* In-fol., imprimé à Lyon, per Ioannem de Prato, en 1492.

Au-dessous de la souscription finale se trouve une vignette, ayant la forme d'un carré long, au centre

de laquelle est un écu en losange, soutenu par deux
génies ailés entièrement nus.

Le *Missel d'Auch* appartient au grand séminaire
de cette ville. L'exemplaire est assez bien conservé,
et, quoiqu'il ait été plusieurs fois relié, il a encore
31 cent. de hauteur (1).

(1) Il nous a été signalé par M. Aloys Kunc, organiste fort érudit, et c'est sur sa demande que M. l'abbé Couture a bien voulu
nous adresser la description de ce curieux incunable. Nous prions
ces messieurs d'agréer ici l'expression de notre gratitude.

Ce missel a-t-il été réellement imprimé à Toulouse? Nous n'osons l'affirmer, bien qu'il ait été exécuté par le commandement et aux dépens de très-noble Hugues de Cos, marchand de Toulouse, qui, treize ans plus tard, en 1504, fut promu au capitoulat.

La marque du papier, que nous avions déjà rencontrée dans le *Ciceron* de Jean Dupré, de Lyon, nous ferait pencher pour la négative, si nous ne savions que les incunables lyonnais et les incunables toulousains ont été souvent imprimés sur des papiers portant le même filigrane. Toutefois, tant que nous n'aurons pas trouvé *le serpent* (v. pl. 2, fig. 20) dans un incunable toulousain, nous aurons tout lieu de croire que le missel d'Auch est sorti des presses lyonnaises. Une circonstance toute particulière viendrait à l'appui de cette opinion.

Nous possédons un missel de Toulouse, imprimé à Lyon en 1524 (1), et la bibliothèque de Toulouse en possède un autre, imprimé à Paris en 1552 (2). N'est-il pas surprenant, si le missel d'Auch a été imprimé en 1491 à Toulouse, de voir, trente-trois ans

(1) *Missale ad vsum ecclesie metropolitane Sancti-Stephani Tholose... In fine : Missale ad vsum ecclesie metropolitane Sancti-Stephani Tholose nuperrime speciosis characteribus Lugduni per Dionysium de Harsy diligenter impressum : ... Anno natalis Domini, M.ccccc.xx.iiii.* In-4⁰ goth., à 2 col., 37 lignes aux pp. entières; caractères rouges et noirs; fig. dans le texte ; papier fort. Pour filigrane, une petite *fleur de lis* dans le bas de la marge intérieure.

(2) *Missale ad vsum insignis ecclesie Tholosane Sancti-Stephani prothomartyris...* Prostat Parisiis apud Gulielmum Merlin 1552. In fol.

après, le missel de Toulouse imprimé à Lyon, d'abord, et quelques années plus tard à Paris!

Si l'on veut bien se rappeler que, dès la fin du quinzième siècle, — et cela se voit encore de nos jours, — un grand nombre d'imprimeurs se livrait exclusivement à l'impression des livres de liturgie, missels, bréviaires, livres d'heures, etc., le fait que nous venons de signaler paraîtra moins extraordinaire.

N° 3. *Les ordonnances faictes par le Roy nostre Syre touchant le fait de la justice des pays de Languedoc leues publieez et enregistreez en la court de parlement de Tholose.*

A la fin :

Cy achevent les ordonnances faictes par le Roy nostre Syre touchant le fait de la justice du pais de Languedoc leues publieez et enregistreez en la court de parlement de Tholose le xxviij. jour d'auril lan mil.cccc.lxxxxi. (1491).

In-4° goth. de 30 ff., ayant 30 lignes aux pp. entières ; — quelques-unes n'en ont que 29. Sans chiff. ni réclam. Signat. A-D. Les cahiers sont de 8 ff., excepté la lettre **D**, qui n'en a que 6 ; — le papier est roux, d'une épaisseur variable ; il a pour filigrane le *B*, déjà mentionné.

Sur le recto du 1er f., au-dessous des cinq lignes dont le titre est composé, se trouve une gravure sur bois représentant le roi, assis sur son trône, et s'entretenant avec des hommes de loi. Le verso de ce même f. est rempli en entier par une autre gravure

sur bois, représentant un juge portant l'épitoge her-
minée, assis dans une *chaire*, et tenant un livre
ouvert sur ses genoux. Cette gravure se trouve reproduite au verso du dernier f. (v. pl. 16).

Ces deux éditions des *Ordonnances touchant le
fait de la justice du pays de Languedoc*, datées de
Moulins le 28 décembre 1490, furent très-certainement imprimées à Toulouse, peu de temps après leur
promulgation.

L'édition in-8° (n° 1), signée par Jean de Guerlins,
est le premier livre sur lequel se trouve le nom de
ce typographe, que nous retrouverons au seizième
siècle, et dont nous nous sommes longuement occupé
dans un mémoire publié tout récemment.

L'édition in-4° (n° 2), n'est malheureusement pas
signée, et nous le regrettons, car la forme particulière des caractères dont on s'est servi s'éloigne tellement de celle des types mentionnés jusqu'ici (v. pl.
17), qu'elle nous révèle l'existence d'un typographe
inconnu auquel nous devons la plupart des ouvrages
renfermés dans ce 4ᵉ groupe.

Personne n'ignore que ces *Ordonnances* ont été
souvent imprimées dans les dernières années du
quinzième siècle. Ce fut donc, entre Guerlins et son
collègue, une affaire de concurrence. Laquelle de
ces deux éditions parut la première? Nous ne saurions le dire. Pourtant, si nous nous en rapportons
à la date de l'enregistrement *en la Cour du parlement*, l'édition de Guerlins aurait paru la première.
En effet, elle porte la date du 28 décembre 1490,

tandis que l'autre porte celle du 28 avril 1491.
Quoi qu'il en soit, l'important pour nous, c'est de
constater que Jean de Guerlins imprimait à Toulouse
en 1491 et peut-être avant.

N° 4. *La Danse Macabre.* On lit à la fin les vers
suivants :

> *Arte nova pressos si cernis mente libellos*
> *Ingenium totiens cœuperavit opus*
> *Nullus adhuc potuit hujus contingere summum.*
> *Ars modo plura nequit, ars dedit omne suum.*
> *Vir fuit istud opus quod conditor indicat ejus* (1).

La souscription suivante termine le volume : *Cy
finist la Danse Macabre augmentée de plusieurs
beaux dit, et les trois vifs et les trois mors en-
semble nouvellement composes et imprimez lan
mil.cccc.lxxxxij* (1492).

In-4° goth., de 26 ff. de 24 lignes aux pp. entières, une seule en a 29, s. chifr. ni réclam.; signat.
a-d. Chaque cahier a 6 ff., excepté le premier, qui en

_____

(1) Ne comprenant rien au sens de ce méchant latin, nous allions
définitivement jeter, comme on dit, notre langue aux chiens, lorsque l'idée nous vint de soumettre le problème à un jeune béné-
dictin de nos amis, grand déchiffreur de grimoire. La solution ne
se fit pas attendre, la voici :

« Dans ces petits livres imprimés par un art nouveau l'esprit
» reste de beaucoup supérieur à l'œuvre : l'esprit a des sommets
» que personne n'a encore atteints. Ici, l'art, au contraire, ne peut
» rien davantage : il a donné toute sa mesure; et l'on voit à ce
» signe qu'un homme, et rien qu'un homme, est l'auteur de cet
» ouvrage. »

a 8. Le papier, un peu gris, a pour filigrane *le croissant*.

M. A. Claudin, qui voulut bien nous confier cette rarissime plaquette, l'ayant comparée avec notre exemplaire des *Ordonnances enregistrées au parlement de Toulouse le 28 avril 1491*, fut frappé, comme nous, de la ressemblance qui existe entre ces deux impressions, et nous n'hésitâmes pas, l'un et l'autre, à les attribuer aux presses toulousaines. En y réfléchissant davantage, et après avoir pris l'avis de quelques bibliophiles, la conviction de M. Claudin a molli, et « il est porté à croire, » nous écrit-il, « que ces éditions sont sorties des presses » lyonnaises, ou bien, — si elles ont été imprimées » à Toulouse, — qu'un imprimeur de Lyon aura » cédé à son collègue de Toulouse une fonte de » caractères. »

Cette opinion, de la part d'un homme qui s'occupe depuis longtemps, avec ardeur, de l'histoire de l'imprimerie dans les anciennes provinces de France a jeté le doute dans notre esprit.

Les documents nous manquent pour trancher la question, car ce n'est pas chose facile que de constater l'identité parfaite des impressions, *absque nota,* du quinzième siècle. Pour arriver à une conclusion évidente, il faut avoir sous les yeux les pièces en litige, les confronter entre elles, relever leurs alphabets, et juger, en un mot, avec connaissance de cause.

Malheureusement, de semblables recherches sont

impossibles aux travailleurs de province ; on le comprend aisément, car, éloignés des grandes collections de livres, ils n'ont, en général, à leur disposition que les traités courants de bibliographie, traités d'autant plus insuffisants pour résoudre le problème posé, qu'ils manquent entièrement de ce que l'on nous permettra d'appeler l'élément plastique.

Quels services, en effet, n'eussent pas rendus à ces bibliographes exilés les La Serna-Santander, les J.-Ch. Brunet, les Péricaud, etc., etc., s'ils avaient joint à leurs ouvrages les *fac-simile* et les alphabets des incunables importants qu'imprimèrent au quinzième siècle les typographes en renom !

N° 5. L'*Union des Princes?* — Dans la collection Ricard existe une pièce de 415 vers, divisés en strophes de 4, 8, 10, etc. vers. Elle a 10 ff. in-4° (un cahier de 6 ff. et un de 4). Goth., s. l. et a° (1491), s. chiffr. ni réclam. ; signat. a-b, 24 à 26 vers par page.

Le f. a-j, manquant à l'exemplaire, nous ne pouvons pas en donner le titre exact.

Cette pièce est un dialogue entre l'*Union*, la *Division* et la *Paix*. Elle est relative à la paix survenue entre Charles VIII et le duc d'Orléans, après le mariage ou au moment du mariage du roi avec Anne de Bretagne.

La date de cette pièce est facile à deviner ; on la trouve dans la dernière strophe, sous forme de mauvais rébus, la voici :

DIVISION.

L'vnion des princes nomme
Je suis qui fus couche en rime
Lan par ces lettres exprime
Mais qui peut exprimer l'exprime
Il fut de plumes de geline
Quatrecens. dont l'une lexprime
Quatrevingts galans de lorine
Onze foys ont leu le souscript.

Papier fort. Pour filigrane *la roue dentée*. Non mentionné dans le *Manuel*.

N° 6. *Les articles de la paix et accord dernie-rement fait* (sic) *entre le treschretien roy de France dunc part. Et le roy des Romains tousiours auguste d'autre part.*

In-4° goth., de 18 ff. dont le dernier est blanc; sans chiffr. ni réclam.; signat. a-c, trois cahiers de 6 ff. chaque.

Le 1er f., presque entièrement déchiré, portait, probablement, une gravure sur bois, au-dessous de laquelle était le titre dont on peut lire encore les fragments restants :

> Articles de la
> fait entre le
> dune part
> jours auguste

Papier gris, très-épais. Il a pour filigrane le *crois-sant*.

Ce livre renferme le traité de paix entre le roi

Charles VIII, d'une part, et Maximilien Ier, roi des Romains, et son fils Philippe, archiduc d'Autriche, de l'autre (pour la remise de Marguerite d'Autriche), à Senlis, le 23 mai 1493 (1).

Les préliminaires et la promulgation du traité de paix ont été supprimés dans l'exemplaire que nous venons de décrire et qui faisait partie de la collection Ricard.

N° 7. *Les Ordonnances Royalles faictes par le Roy nostre Sire auec les princes et gens de son sang et son grand conseil sur le faict de la justice, tant de marchandises, apressiemens de vivres et pris de monnoyes Auec la table et plusieurs autres choses. lesquelles ne sont point es autres imprimees, leues, publiees et enregistrees au parlement de Thoulouse. Present monseigneur dAlby commissaire depputte par le Roy.*

Au recto du 55° f. on lit :

Donne a Thoulouse le xxi jour du moys daoust lan de grace 1499 et de nostre regne le second.

In-4°, goth., de 10-58 ff., sans chiffr. ni réclam.; signat. A-a-g. Sur le recto du 1er f. une gravure sur bois représente le roi remettant ses ordonnances aux magistrats. Pour filigrane la lettre B. — Provenance : bibliothèque de Toulouse, n° 129 (2).

---

(1) V. *Recueil des Traités de paix,* etc., par Fréd. Léonard. Paris, 1693, t. I, p. 354.

(2) Cet exemplaire est celui de Secousse. Le nom et les armes du célèbre historien se trouvent sur la garde du volume.

Au bas du recto du dernier f., l'un des proprié-
taires de ce volume a écrit : *Hujusmodi liber ordi-*
nationum Regiarum fuit emptus per me Boezy
infrascriptum studentem in vrbe Tholosana decimo
trium solidos turnoy (1). *anno Domini millesimo*
quinquagesimo vt° (1505). Boezy.

Cet ouvrage est probablement le même que celui
porté au *Cat. Bigot* (Parisiis, 1706, in-12, p. 110),
sous ce titre :

Ordonnances des Rois Charles VIII et Louis XII,
sur le fait de la justice. Toulouse, 1499.

N° 8. *La confession générale de frère Olivier*
Maillard.

In-4° goth., de 6 ou 8 ff., sans chiffr. ni réclam.;
signat. a. — 28 lignes aux pp. entières; sans filigrane.

Cet exemplaire appartient à la collection Ricard ;
mais comme le premier et le dernier f. manquent,
il nous eût été difficile d'en formuler le titre si nous
n'avions pu comparer le texte avec le texte patois de
la *Confession gencrala de frayre Olivier Mailhart*
(sic) *en languatge de Tholosa,* que nous avions
sous les yeux.

Maillard, chassé de Paris, se réfugia à Toulouse,
vers la fin de l'année 1499, où il mourut en 1502.
C'est bien certainement pendant l'émotion profonde
qu'il produisit sur ses auditeurs, que l'on imprima
à Toulouse plusieurs de ses ouvrages.

(1) Environ 4 fr. 50 c. de notre monnaie.

Il ne faut pas confondre la *Confession générale de frère Olivier Maillard,* dont nous parlons ici, avec un livre portant le même titre et imprimé à Paris d'abord, en 1481, et réimprimé plus tard sans date.

Ce dernier ouvrage est un *Examen de conscience* qui roule sur les Commandements de Dieu ; tandis que l'autre décrit tout simplement la manière de se confesser, en indiquant prolixement tous les péchés que l'on peut commettre par les cinq sens, etc., etc.

Ce dernier opuscule a été imprimé plusieurs fois, pendant la fin du quinzième siècle et pendant le seizième. M. Brunet en cite plusieurs éditions, ainsi que M. de Castellane (*loc. cit.*).

N° 9. A la suite de la *Confession générale de frère Olivier Maillard,* on trouve, dans la collection Ricard, une partie de 6 ff. in-4° goth., à laquelle il manque le 1er f. et la fin.

En lisant ces ff. incomplets, il est facile de reconnaitre qu'ils faisaient partie du livre intitulé *l'Art de bien mourir.*

Les quatre fig. sur bois que ces ff. renferment ne laissent aucun doute à cet égard. En voici les titres :

Temptation du dyable de la foy.

Bonne inspiration par lange de la foy.

Temptation du dyable de desesperation.

Bonne inspiration de lange contre desespérance

Papier fort, un peu gris ; pour filigrane *la roue dentée.*

Nº 10. *Lucidaire en francoys.* Pet. in-4º goth.
s. l. et aº, à longues lignes de 58 ff., non chiffrés, ayant 24 lignes aux pp. entières ; signat. a-f.
Les cahiers sont de 6 ff., excepté le cahier a., qui
en a 8.

Le titre est placé, — au recto du 1er f., — au-
dessus d'une grande vignette sur bois, de 13 ¹/₂ cen-
tim. de hauteur, représentant, au centre d'un porti-
que, un personnage debout (le maître, sans doute),
enveloppé d'une longue robe, coiffé d'une petite ca-
lotte, et s'appuyant de la main droite sur un bâton
autour duquel flotte et s'enroule une banderolle.
Cette vignette est reproduite au verso du titre (v.
pl. 14).

Le 2e f. commence ainsi : *Sensuit le lucidaire
francoys. Quant à parler de noblesse espirituelle
cest la plus grant noblesse qui soit et que homme
puisse se auoir. Cest dauoir tousiours son cueur
et son affection a son createur et dacquerir con-
gnoissance de luy et de ses ordonnances. Comme
pourquoy fit il les anges. lomme et la femme. mariage. paradis et enfer et ont ilz sont. et pourquoy il voulut naistre de la vierge Marie. et que
signifient ses faictz et ses cuures. et aussi de lan-
thecrist. et des trepassez et comment on se doit
confesser et a qui. Or enquerons donc quelques
unes de ces choses comme fait le disciple qui demande a son maistre et le maistre respond a ses
demandes comme sensuit.*

Le livre finit au bas du recto du 52e f., dont le

verso est blanc. Le papier est fort, un peu gris. Il a pour filigrane un grand *B* comme celui de *Le schele de Paradis,* du *Stilus parlamenti*, du *Pierre de Castrovol*, etc., etc.

Placée après la *Ymitacion* et avant les *Ordonnances touchant le pays de Languedoc*, dans le recueil de M. Ricard, marquée du même filigrane que les papiers de plusieurs livres imprimés au quinzième siècle à Toulouse, nous n'hésitons pas à classer cette édition du *Lucidaire en francoys* parmi les incunables toulousains.

Nous croyons devoir indiquer ici la traduction patoise du livre précédent, traduction signalée, pour la première fois, par M. de Castellane dans son *Essai de catalogue chronologique,* etc., p. 25, 26.

Il est fâcheux que M. de Castellane, qui a eu entre ses mains les *fragments de cet ouvrage reduits à quelques feuillets*, ne nous en ait pas donné une description plus détaillée. Sachons-lui gré cependant de l'avoir mentionné, et de nous avoir donné le *fac-simile* du titre et du sommaire qui l'accompagne.

La rareté de ce fragment, dont nous avons vainement recherché la trace, nous fait un devoir de reproduire ici les passages déjà publiés par M. de Castellane :

« Al present libre apelat *Lucidari*. »

« *Dona a entendre plusors causas mervilhosas* » *et subtilas, lasquallas demanda lenfant a son* » *mestre, quina causa es Dieu, hont era Dieu*

» *auant que fes lo monde* (1)*, don ven la plega,*
» *com se engendra lo troneyre. De las fadas. Dels*
» *quobelis Faitilheras. Dels sontges. Coma se deu*
» *hom confessar et de qui. Com vendra lante-*
» *crist. Del grant iutgamen de Dieu. Et plusors*
» *autras causas ben vtilas et proffitablas. »*

« *A parlar de noblessa espirituala hela es la*
» *plus granda noblessa que sia et que lome pos-*
» *queaver, so es de aver son cor et son affection*
» *a son creator et de aver cognoissanssa del et de*
» *sas ordonensas, coma et per quel fec los ange-*
» *les, lhome et la fenna, mariage, paradis et*
» *yfern, et ont els son, perque el volguet naisse*
» *de la verger Maria, et que significan ses faits*
» *et sas obras. »*

A la fin du quinzième siècle et dans le courant du seizième, on traduisit en patois, — *en lo lenguatge de Tholosa,* — un grand nombre d'ouvrages de dévotion et de morale, qui sont aujourd'hui extrêmement rares, et dont nous reproduirons les titres à la date de leur publication.

N° 11. *Quod libeta juridica.* Tolosæ, in-16 (2).

Maittaire, t. I, pars prior, p. 790, cite cet ouvrage, sur la foi de La Caille.

M. de Castellane (*loc. cit.,* p. 23) l'indique comme

---

(1) Cette phrase nous remet en mémoire un opuscule de 7 pages, publié dans le dix-septième siècle, et ayant pour titre : *Quelles étaient les occupations de Dieu avant la création.* (V. la *Revue rétrospective,* n° 9, juin 1834, in-8°, pp. 456-463.)

(2) Un in-16 au quinzième siècle?

ayant été imprimé à *Tolose chez Jacq. Colomiés*
(sic) (1), *et, puisque le 1er volume de Maittaire*,
dit-il, *ne contient que les livres qu'il a crus impri-*
més avant 1500, on doit en conclure qu'il appartient aux incunables du quinzième siècle.

Voici l'article de La Caille (2) : « Année 1488. A
» Thoulouze, on imprima, en 1488, *Commentaria*
» *Thomæ de Valois in D. Augustin. de civitate*
» *Dei.* Il y fut aussi imprimé avant l'an 1500, par
» Jean-Jacques Colomiez, *quot libeta juridica in-16.*
» Cette famille des Colomiez a toûjours executé l'art
» de l'imprimerie en cette ville et est presentement
» exercée (*sic*) par Guillaume-Louis Colomiez. »

Nº 12. Rabbi Samuel. — *Epistola Rabbi Sa-*
muelis Judei : ad rabbi Ysaac judeum de profetiis
Veteris Testamenti secundum translationem
eorum quibus lex judaica destruitur : christiana-
que religio aprobatur.

In fine :

Explicit epistola Rabbi Samuelis missa Rabbi
Ysaac et supra in prohemio continetur sub anno
Domini millesimo. Translata de arabico in lati-
num per fratrem Alfonsum boni hominis ordinis
predicatorum sub anno Domini M.ccc.xxxix.

In-4º goth., de 26 ff. de 30 lignes aux pp. entières, s. l. et aº ; sans chiffr. ni réclam.; signat. A-D.

(1) Les Colomiés n'apparaissent qu'en 1519 ?

(2) *Histoire de l'imprimerie et de la librairie.* Paris, Jean de La
Caille, 1689, in-4º.

Le 1ᵉʳ f. ne porte que le titre en 4 lignes ; le verso du dernier f. est blanc.

Le papier est épais, cotonneux ; il a pour filigrane *une tête de bœuf* d'une forme singulière. (V. pl. 4, fig. 21.)

Ce livre fait partie de la collection Ricard et nous le croyons, par cela même, imprimé à Toulouse vers la fin du quinzième siècle. Non mentionné dans le *Manuel*.

Nº 13. *1500 ?* — Bertrand (Nicolas) — *Nicolai Bertrandi Gesta Tolosanorum,* fol. Tolos. 1500.

Maittaire (t. I, p. 471) et Prosper Marchand (*ex Catal. Billaine,* chil. II, p. 24) se sont évidemment trompés. Cette édition n'a jamais existé. Le *catalogue Billaine,* au lieu de 1515, date de la seule édition des *Gesta Tolosanorum,* aura, par erreur, mis le chiffre 1500, chiffre que Maittaire, et plus tard Marchand, ont reproduit sur la foi des traités.

En terminant cette première partie de notre travail, nous ferons observer, qu'à dater des dernières années du quinzième siècle, les plus chauds partisans des productions typographiques de *Tolosa* d'Espagne ne s'inquiètent plus de leurs destinées. Les presses auxquelles ils attribuaient les chefs-d'œuvre de Jean Parix et de Henri Mayer cessent tout à coup de fonctionner, demeurent silencieuses, et disparais-

sent, comme disparaissent les rêves, sans laisser trace
de leur passage (1).

(1) Voici quelle est aujourd'hui l'opinion des bibliographes
espagnols, relativement aux prétendues impressions du quinzième
siècle, de *Tolosa* de Guipuscoa.

On lit, dans la 2e édition de Mendez (a) :

« No cabe dudarse que toda las impressiones del siglo XV que
» se dicen hechas en *Tolosa,* corresponden á la de Francia y no á
» la de Guipúzcoa, lo uno porque en las mas de ellas se la llama
» *ciudad,* como en *la Chronica abreviada* de Valera, año de 1489,
» y adelante año de 1494 en el libro *De proprietatib. rer;* y aun-
» que una ú otra vez solo *villa* al estilo de Francia, siendo unos
» mismos los impresores y la letra, basta lo cierto para interpre-
» tar lo dudoso. Lo otro , porque el que hoy tenga la provincia
» de Guipúzcoa su imprenta y archivo en la villa de Tolosa siendo
» como esa es una disposicion moderna nada sirve para argüir lo
» mismo en el siglo XV. »

Ce que nous croyons devoir traduite ainsi :

« Il est hors de doute que toutes les impressions du quinzième
» siècle qui portent le nom de *Tolosa* appartiennent à *Tolosa* de
» France et non à *Tolosa* de Guipuscoa ; d'abord, parce que, dans
» la plupart de ces impressions, on donne à *Tolosa* l'épithète de
» *ciudad* (b), tandis que, dans quelques autres, on lui donne celle
» de *villa* (c), suivant l'usage de France ; le nom des imprimeurs
» et les caractères étant d'ailleurs les mêmes, le certain suffit donc
» pour interpréter l'incertain. En second lieu, de ce que la pro-
» vince de Guipuscoa a aujourd'hui son imprimerie et ses archi-
» ves à *Tolosa,* — cette disposition est toute moderne, — on ne
» peut pas en conclure qu'il en ait été de même au quinzième
» siècle. »

(a) *Loc. cit.,* p. 157.

(b) Comme cela se voit dans *la Chronica abreviada* de Valera, imprimée en
1489, et dans le livre *De proprietatibus rerum,* imprimé plus tard, en 1494.

(c) Comme, par exemple, dans *El peregrinage de la vida humana... A in-
stancia del honorable senor maestro Henrico Aleman que con grande diligencia la hizo imprimir en la villa de Tholosa...*

La note suivante, p. 377, est facile à comprendre :

« Esta obra y la que sigue (*Scotus pauperum. — Expositio super*
» *summulas Petri Hispani*), ya por estar en latin, ya porque indu-
» dablemente no estan hechas en nuestra nacion, parece que de-
» bieron no incluirse en la TIPOGRAFIA ESPAÑOLA ; pero siguiendo
» en estas adiciones el método de Mendez, es preciso, á mi juicio,
» completar en lo posible las impresiones hechas en Tolosa.»

La rareté des ouvrages de Mendez et de Caballero ne nous ayant
pas permis de les consulter nous-même, nous avions été mal ren-
seigné par notre correspondant. Et puis, d'ailleurs, comment ne
pas croire au silence de ces auteurs, relativement aux livres imprimés à *Tholosa*, en voyant nos bibliographes les plus renommés,
La Serna-Santander, Née de La Rochelle, M. J.-Ch. Brunet, Peignot, etc., etc., traiter, trancher même la question en litige, sans
se donner la peine de rechercher quelle avait été ou quelle était,
à cet égard, l'opinion des bibliographes espagnols?

Nous avons pu nous procurer les éditions de Mendez et de Caballero, tout récemment publiées à Madrid, et nous sommes heureux de confesser et de réparer aujourd'hui l'erreur que nous avions
commise dans notre avant-propos (v. la p. 16).

Mendez, art. *Imprenta de Tolosa*, cite, après avoir fait suivre ce
titre du mot DUDOSA , six des ouvrages, portant la souscription
de *Tholosa*, imprimés, soit par Jean Parix et Estévan Clébat,
soit par Henry Mayer.

Quant à Caballero, qui cite ces mêmes ouvrages, il est beaucoup plus précis que Mendez. Il déclare n'avoir placé, dans son
Catalogue des livres espagnols, les livres imprimés à Toulouse,
qu'en considération d'un de ses amis , dont il reproduit les arguments en faveur de *Tolosa* d'Espagne , *quoiqu'il ne doute
presque pas de la vérité de l'opinion contraire.* Voici comment il
s'exprime dans son avis au lecteur :

« Neque me velim mireris, benevole lector, inter editiones his-
» panicos, Tolosanas etiam recensere. Quis enim nescit, Tolosam
» nobilissimam esse Galliæ urbem? Cum vero in Hispania nobile
» quoque oppidum Tolosæ sit apud Guipuzcoanos sita, conten-
» debat mecum vir satis eruditus, editiones tolosanas, quas refero,
» non Gallicos, sed Guipuzcoanas esse. Duobus indiciis is uteba-
» tur. Alterum erat, quod opera Tolosæ edita ab auctoribus His-

» panis essent conscripta. Alterum præcipuum, quod eorumdem
» operum plura sermone loquerentur hispano : quos duas res
» minime ad Gallos pertinere arbitrabatur. *Ut viro amico ratione*
» *saltem ad speciem probabile coniectanti morem gererem locum in-*
» *ter hispanicas tolosanis edilionibus dedi : et si fere de alterius*
» *opinionis veritate nil ambigerem.* »

IMPRIMEURS A TOULOUSE

AU QUINZIÈME SIÈCLE.

—

Les ouvriers de Fust et Schoiffer (?)
Jean Parix.
Estévan Clébat ou Cléblat.
Henri Mayer.
Jean de Guerlins.

———

Toulouse est la cinquième ville de France qui ait imprimé au quinzième siècle.

1. Strasbourg. Jacques Mentel. . . . .   1465 (?)
2. Paris. M. Crantz, Ul. Gering, M. Friburger. . . .   1470
3. Lyon. Barthélemy Buyer..   1473
4. Angers. Jean de La Tour (de Turre) et Jean
   Morel. 5 février.   1476
5. Toulouse. 12 juillet.   1476
6. Chablis. Pierre le Rouge..   1478
7. Poitiers. J. Bouger, Guill. Bouchet..   1479
8. Caen. J. Durandus, Gilles Quijoue..   1480
9. Metz. J. Colini, Gérard et Villeneuve..   1482
10. Troyes.   1483
11. Vienne (Dauphiné). P. Schenck..   1484
12. Rennes.   1484

———

Le *Catalogue* des livres du seizième siècle paraîtra prochainement.

NOTE 4 DE LA PAGE 43.

Après le dernier alinéa : « Puisque Schoiffer avait
» des dépôts de livres à *Paris*, à *Angers* et *ailleurs*,
» il n'y aurait rien de bien extraordinaire à ce qu'il
» en ait eu à Toulouse (4). »

(4) Notre supposition vient d'acquérir, tout récemment, le caractère d'une vérité incontestable.

Un document précieux, découvert dans les archives du Capitole, établit, d'une manière irréfragable, qu'en l'année 1478 il existait à Toulouse des facteurs, ou des *stationnaires*, chargés de vendre des livres imprimés dans les principales villes de l'Europe.

Voici la copie exacte de cette pièce curieuse. Nous la devons à l'obligeance de notre jeune et savant ami, M. Ernest Roschach qui se fait un devoir de mettre chaque jour en lumière les trésors historiques confiés à sa garde.

2ᵐᵉ livre des *Statuts des métiers de Toulouse* (archives communales), fᵒ 323, vᵒ.

Anno ab incne dni millesimo quadringentesimo septuagesimo octavo et die decimo septimo mensis marcii (sic).

A Messieurs les capitouls de la ville de Tholose,
Supplient humblement Jehan Jehannes, Laurent Robyn, Pierre du Claus, Mace Cochon et Pierre Pasquier, enlumineurs habitans de la présent ville de Tholose, comme en ceste dicte ville de Tholose pieça se feissent par plusieurs docteurs et seigneurs habitans en icelle escripre plusieurs livres *scribentium manu*, moyennant l'escripture desquels livres les enlumineurs estoient entretenus et passoient leur temps, lesquels enlumineurs payoient tailles et autres subsides de la dicte ville, et faisoyent guet et porte, et font encores ; et, comme vous, mesdits seigneurs, estes ou pouves estre informés, nuls livres a present se font escripre en ceste dicte ville de Tholose ne es autres villes du royaume, senon au molle et par impressure, en enluminant les-

10

quels livres icœulx enlumineurs gaignent leur vie et de leurs fem-
mes et petis enfans, et paient les dictes tailles et subsides comme
dict est, car autre office ne ont, de quoy le puissent faire ; or est
aussi qu'il a en ceste presente ville de Tolose une très véné-
rable et saincte université en laquelle a deux stationayres qui de
leur office sont relieurs et ont charge de vendre ou faire vendre
tous les livres d'impressure qui de hors pays sont amenez pour
vendre, comme Dallemaigne, Rome, Venise, Paris, Lyon et dau-
tres bonnes villes, lequel Guyot comme stationayre devroit vendre
lesdits livres sans soy mesler d'enluminer, car ung chacun vivre
de son office est de necessité, qui est bien l'opposite ; attendu ce
qu'est devant, et a icelluy Guyot entrepris detruire et mettre à
néant et pouvreté lesdicts pauvres enlumineurs, si par vous, mes-
dicts seigneurs ne leur est donné aucun confort, conseil, ayde et
pourveu de remède convenable. Humblement requerant icelluy,
car il a desja, a trois ou quatre ans que incontinant que aucun
d'eulx avoit compaignon besoignant dudict office d'enluminerie,
iceluy Guyot les subornoit et faisoit saillir hors de leurs maisons
et les tiroyt a luy et fait encores et de present il en a trois ou
quatre esquels il baille ou fait bailler toute la besoigne qu'est en
la dicte ville dont il, ne eulx ne payent nulles tailles ne subsides
d'icelle ville, non obstant qu'il ne soit enlumineur, ains est relieur
et stationnaire qui de son office peut bien vivre sans soy mesler
d'office d'autruy...

TABLEAU DES LIVRES IMPRIMÉS AU XVe SIÈCLE, DEPUIS 1476 JUSQU'A 1500 (*).

NOMS des AUTEURS.	TITRE DES OUVRAGES.	LIEU D'IMPRESSION.	NOMS des IMPRIMEURS.	DATE.	FORMAT.	CARACTÈRES.	LANGUE EN LAQUELLE ILS SONT ÉCRITS.	FILIGRANES.	PROVENANCE.	OBSERVATIONS.
1. Andrea (Jean). D.-B.	Super secundum decretalium.	Tholose?	Les ouvriers de Schoiffer?	1470? peut-être avant.	In-4°.	Goth.	Latin.	Un croissant.	Bibliothèque de Toulouse.	Voir La Chasse aux incunables.
2. Sanctus Cyrillus. D-B.	Speculum sapientia.	Tholose?	Id.	1476?	In-4°.	Goth.	Latin.	Un croissant.	Bibliothèque du Dr D.-Bernard.	Voir La Chasse.
3. Barbatia (André). C.	De Fide instrumentorum.	Tolose.	Id.	1476.	in-4°.	Goth.	Latin.	La main qui bénit.	Bibliothèque de Toulouse. Bibliothèque du Dr D.-Bernard.	
4. De Cessoles (Jacques). C.	De Ludo scacchorum.	Tholose.	Id.	1476.	In-4°.	Goth.	Latin.	La main qui bénit.	Bibliothèque de Toulouse.	Voir La Chasse.
5. De Cessoles. D-B.	De Ludo scacchorum.	Tholose?	Henry Mayer?	1488?	In-4°.	Goth.	Latin.	La main qui bénit.	Bibliothèque du Dr D.-Bernard.	
6. Saint Antonin. ?.-B.	De Sponsalibus, etc.	Tholose.	Les ouvriers de Schoiffer?	1476.	In-4°.	Goth.	Latin.	La main qui bénit.	Bibliothèque de Toulouse.	
7. Jason de Mayno. C.	De Jure emphiteotico.	Tolose.	Jean Parix.	1479.	In-f°.	Goth.	Latin.	Sans filigrane.	Bibliothèque impériale. — Bruxel. Mac-Carthy, n° 1276.	
8. De Benevento (Alphonse). C.	De Clericis concubinariis.	Tolose.	Jean Parix.	1479.	In-4°.	Goth.	Latin.	La main qui bénit.	Bibliothèque impériale.	
9. Sans nom d'auteur. D.-B.	Arrestum querele, etc.	Tolose.	Jean Parix. Juxta pontem veterem.	1479.	In-4°.	Goth.	Latin.	La main qui bénit.	Bibliothèque du Dr D.-Bernard.	
10. Sans nom d'auteur. D.-B.	Arrestum querele, etc.	Tholose.		1484?	In-4°.	Goth.	Latin.		Mac-Carthy, n° 1304.	
11. Sans nom d'auteur. D.-B.	Arrestum querele, etc.	Tholose.		1496.	In-4°.	Goth.	Latin.	Ecusson fleurdelisé aux armes des comtes d'Estaing.	Bibliothèque de Rodez.	
12. Cambiglioni (Angelo). C.	Super civilium Institutionum.	Tolose.	Jean Parix.	1480.	In-fol° magno.	Goth.	Latin.	Une tête ornée du bandeau impérial.	Bibliothèque de Toulouse.	
13. Cambiglioni (Angelo). C.	Super titulo de actionibus.	Tolose.	Jean Parix.	1480.	In-fol. magno.	Goth.	Latin.	Une tête ornée du bandeau impérial.	Bibliothèque de Toulouse.	
14. Sans nom d'auteur. D.-B.	Abécédaire.	Tholose?		1480?						Indication donnée par Los Rios.

(*) La lettre C indique les livres catalogués par M. de Castellane et les lettres D.-B. ceux qui l'ont été par le Dr Desbarreaux-Bernard.

NOMS des AUTEURS.	TITRE DES OUVRAGES.	LIEU D'IMPRESSION.	NOMS des IMPRIMEURS.	DATE.	FORMAT.	CARACTÈRES.	LANGUE EN LAQUELLE ILS SONT ÉCRITS.	FILIGRANES.	PROVENANCE.	OBSERVATIONS.
15. C.	Commentaires sur les Institutes.	Tholose ?		1480.	In-fol°.				Histoire de l'Académie des sciences de Toulouse, collection in-4°, t. 1er, p. 100.	
16. Boëtius D.-B.	De Consolatione philosophie.	Tolose.	Jean Parix.	1480.	In-fol°.	Goth.	Latin.	La tête de bœuf.	Bibliothèque de Toulouse.	
17. Boecio. D.-B.	De Consolaciou..	Tolosa de Francia.	Henry Mayer.	1488.	In-fol°	Goth.	Espagnol.	La main qui bénit. Le P oncial. Un R (1), un T.	Bibliothèque du ministre de Fomento, à Madrid.	(1) Voir la fig. 9 de La Chasse aux incunables.
18. C.	De vita et moribus Philosophorum.	Tolose.	Jean Parix.	1480?	In-4°.	Goth.	Latin.	La tête de bœuf.	Bibliothèque de Toulouse.	
19. De Castrovol (Pierre). C.	Super Psalmorum, etc.	Tholose.		1480?	In-4°.	Goth.	Latin.	Un B.	Le musée Calvet d'Avignon en possède deux exemplaires.	
20. Scot (Jean) D.-B.	Scotus pauperam.	Tholose.		1486.	In-4°.	Goth.	Latin.	La main qui bénit.	Bibliothèque Saint-Jean à Barcelone. Bibliothèque du Dr D.-Bernard. Bibliothèque de l'Arsenal.	
21. C.	Le Livre de la Imitacion.	Tholose.	Henry Mayer.	1488.	In-4°.	Goth.	Français.	La main qui bénit.	1° M. Doumeng, à Montpellier. 2° M. Vésy, à Rodez (sur vélin). 3° Bibliothèque du Dr D.-Bernard. 4° Dr Teilleux, à Auch. 5° La bibliothèque impériale.	Des cinq exemplaires de l'Imitacion, celui de M. Doumeng et celui de M. Vésy, contiennent l'Échelle de paradis. Un seul est complet : celui de M. Doumeng.
22. Saint Augustin. C.	Le Schele de paradis	Tholose.	Henry Mayer.	1488.	In-4°.	Goth.	Français.	Un B.		Il manque à l'exemplaire Vésy le titre et deux feuillets à la fin. A celui de M. Doumeng, il ne manque que le feuillet blanc de la fin.
23. Guillermus de Broglio. D.-B.	Stilus curie parlamenti.	Tolose.	Henry Mayer.	1488?	In-4°.	Goth.	Latin.	La main qui bénit.	Bibliothèque de Rodez. Bibliothèque de Toulouse.	V. l'Arrestum querele de 1490.
24. Drouyn (Jean). D.-B.	Ars notariatus.	Tolose.		1488?	In-4°.	Goth.	Latin.	La roue dentée.	Bibliothèque du Dr D.-Bernard.	
25. Stephanus Marcilioti. D.-B.	Doctrinale Florum artis notarie.	Tolose?			In-4°.	Goth.	Latin.	Une petite cloche et la roue dentée.	Bibliothèque de Toulouse.	
26. Magister Johannes. D.-B.	Summoli Magistri Joannis.	Tolose.	Henry Mayer	1488.	In-fol°.	Goth.	Latin.		Archives d'Aragon à Barcelone.	M'a été indiqué par M. Volger.
27. Versor (Joannes). D.-B.	Super Summulas Petri Johanni.	Tholose.	Henry Mayer.	1486 à 1488.	In-fol°.	Goth.	Latin.		Bibliothèque nationale de Lisbonne.	
28. Triveth (Nicolas). Walleys (K.). C. et D.-B.	Commentaria de Civitate Dei Beati Augustini.	Tholose.	Henry Mayer.	1488.	In-fol°.	Goth.	Latin.	La main qui bénit.	Bibliothèque impériale.	Les Commentaires de ces deux auteurs ont-ils été publiés séparément?

NOMS des AUTEURS.	TITRE DES OUVRAGES.	LIEU D'IMPRESSION.	NOMS des IMPRIMEURS.	DATE.	FORMAT.	CARACTÈRES.	LANGUE EN LAQUELLE ILS SONT ÉCRITS.	FILIGRANES.	PROVENANCE.	OBSERVATIONS.
29. Gorsins (Thomas). C.	Commentarios in Augustinum de Civitate Dei.	Tolose.		1488.		Goth.	Latin.		Maittaire, t. Iᵉʳ, p. 502. d'après Valentin Lœscher (1).	(1) *Stromata, seu dissertatione sacri et litterarii argumenti.* Wittemberg, 1724, in-8.
30. Mayron (François). C.	Theologice veritatis in Augustinum.	Tholose.		1488.			Latin		Maittaire, t. Iᵉʳ, p. 502.	
31. D.-B.	Lucidaire en françoys.	Tholose.		1488?	In-4°.	Goth.	Français.	Un B.	Bibliothèque du Dʳ D.-Bernard.	Voir *La Chasse.*
32. Diego de Valera. C.	Coronica de Espana.	Tolosa.	Henry Mayer.	1489.	In-fol°.	Goth.	Espagnol	La main qui bénit.	Bibliothèque de Marseille.	
33. Jean d'Arras. C.	Historia de la linda Melosyna.	Tolosa.	Jean Parix, Estevan Clebat.	1489.	In-fol°.		Espagnol		Brunet (1), article Jean d'Arras. Bibliothèque de Bruxelles.	(1) Il n'a pas indiqué la forme des caractères.
34. Alfonso de la Torre. C.	Vision deleitable de la filosofia.	Tolosa.	Jean Parix, Estevan Clebat.	1489.	In-fol°.	Goth.	En Catalan.		Bibliothèque du ministre de Fomento, à Madrid.	
35. Jacques de Voragine. D.-B.	Legenda aurea.	Tholosa.	Jean Parix.	1489?	In-fol°.	Lettres rondes.	Latin.		Née de la Rochelle; Brunet; Archives d'Aragon à Barcelone.	
36. Mayron (François). D.-B.	In cathegorias Porphyrii, etc.	Tholosa.	Henry Mayer	1490.	In-4°.	Goth.	Latin.		Bibliothèque Saint-Jean à Barcelone.	M'a été indiqué par M. Volger.
37. Guillaume de Guilleville. C.	El Peregrinage de la vida humana, etc.	Tolosa.	Henry Mayer.	1490.	In-fol°.	Goth.	Espagnol		Bibliothèque royale de Madrid; Brunet.	Traduit du français par Frey Vincentio Mazuelo.
38. Esope. D.-B.	Fabulas de Esopo.	Tolosa.	Henry Mayer?	1480.	In-fol°.		Espagnol		Catalogue Payne et Foss, 1824	
39. Saint Grégoire, pape. D.-B.	Libro del Dialogo.	Tolosa?	Henry Mayer?				Espagnol		V Mendez, p. 138 (édit. de 1806).	
40. D.-B.	Liber Missalis.	Tolosa?		1491.	In-4°.		Latin.	Un serpent couronné.	Bibliothèque du grand séminaire d'Auch.	
41. D.-B.	L'Union des princes?	Tolose?		1491.	In-4°.	Goth.	Français.	La roue dentée.	Bibliothèque du Dʳ D.-Bernard.	Le titre manque.
42. D.-B.	Ordonnances du Roy touchant la justice du pays de Languedoc.	Tolose.	Jean de Guerlins.	1491.	In-8°.	Goth.	Français.		Bibliothèque de Toulouse.	

NOMS des AUTEURS.	TITRE DES OUVRAGES.	LIEU D'IMPRESSION.	NOMS des IMPRIMEURS.	DATE.	FORMAT.	CARACTÈRES.	LANGUE EN LAQUELLE ILS SONT ÉCRITS.	FILIGRANES.	PROVENANCE.	OBSERVATIONS.
43. D.-B.	Ordonnance du Roy touchant la justice du pays de Languedoc.	Tholose.		1491.	In-4°.	Goth.	Français.	Un B.	Bibliothèque de Toulouse. Bibliothèque du Dᵉ D.-Bernard.	
44. D.-B.	La danse Macabre.	Tholose ?		1492.	In-4°.	Goth.	Français.	Un croissant.	Appartient à M. A. Claudin.	
45. D.-B.	L'Art de bien mourir.	Tolose ?		1491 ?	In-4°.	Goth.	Français.	La roue dentée.	Bibliothèque du Dᵉ D.-Bernard.	Voir La Chasse.
46. D.-B.	Paix et accord entre le Roy de France et le Roy des Romains.	Tolose ?		1492 ?	In-4°.	Goth.	Français.	Un croissant.	Bibliothèque du Dᵉ D.-Bernard.	Voir La Chasse.
47. Barthélemy Glanville. C.	El libro de proprietatibus rerum.	Tholosa.	Henry Mayer.	1494.	In-fol°.	Goth.	Espagnol.	Sans filigrane.	Bibliothèque impériale.	
48. D.-B.	De modo vacandi beneficiorum.	Tholose ?	Henry Mayer.		In-4°.	Goth.	Latin.	Une petite lyre.	Bibliothèque de Toulouse.	
49. Bartholus de Saxo-Ferrato. D.-B.	Processus Sathane contra genus humanum.	Tholose ?	Henry Mayer.		In-4°.	Goth.	Latin.	La main qui bénit. Une fleur de lis.	Bibliothèque de Toulouse.	
50. C.	Les ordonnances royales faites par le Roy, etc.	Thoulouse.		1499.	In-4°.	Goth.	Français.	Un B.	Bibliothèque de Toulouse. Catalogue Bigot, p. 110.	
51. Olivier Maillard. D.-B.	La Confession générale.	Tolose.		1499.	In-4°.	Goth.	Français.	Sans filigrane.	Bibliothèque du Dᵉ D.-B.	Voir La Chasse.
52. Nicolas Bertrand. C.	Gesta Tolosanorum.	Tolose.		1500.	In-fol°.	Goth.	Latin.		Maittaire, t Iᵉʳ, p. 471. — Prosper Marchand, ex cat. Billaine.	Cette édition n'a jamais existé.
53. C.	Quod libeta Juridica.	Tolose.		1500 ?	In-16.		Latin.		Lacaille, p. 46. Maittaire, t. Iᵉʳ, p. 790.	
54. Samuel. D.-B.	Epistola rabbi Samuelis judei.	Tolose ?		Absque anno.	In-4°.	Goth.	Latin.	La tête de bœuf.	Bibliothèque du Dᵉ D.-B.	Voir La Chasse.

Fig.1.

Fig. 2.

Fig.3.

Fig. 4.

Fig. 5.

Fig. 6.

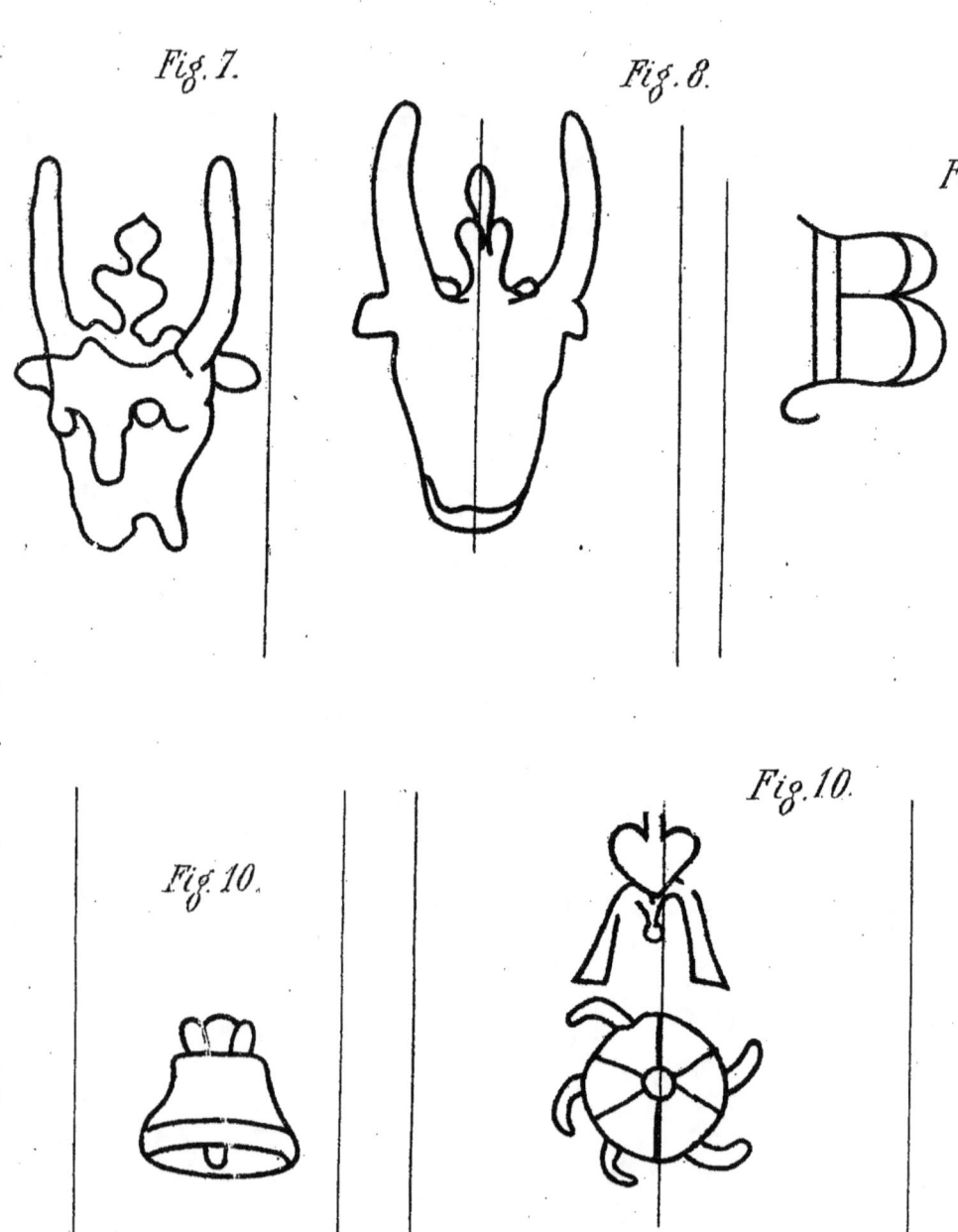

Pl. 2.

Fig. 7.

Fig. 8.

Fig. 9.

Fig. 10.

Fig. 10.

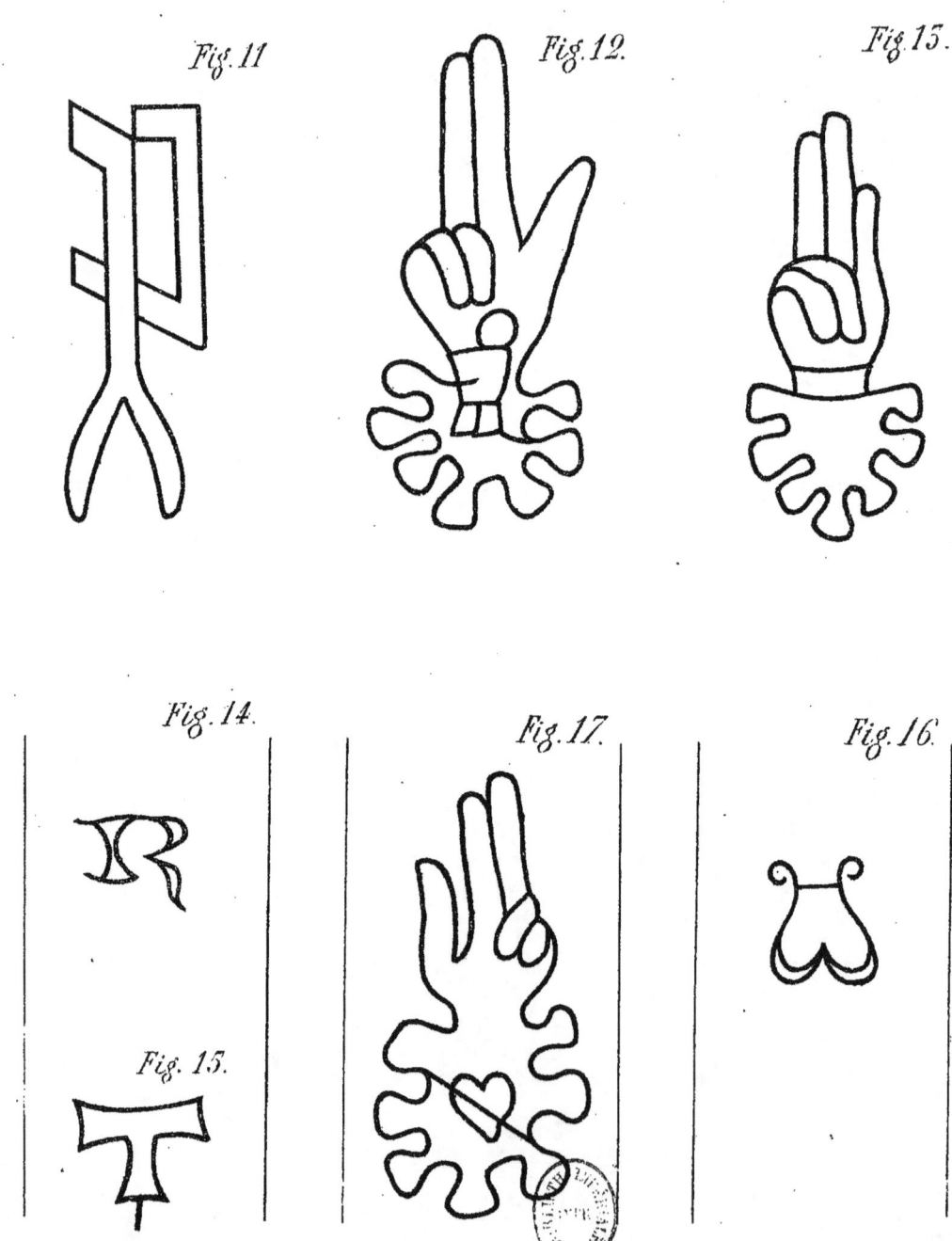

Fig. 11   Fig. 12.   Fig. 13.

Fig. 14.   Fig. 17.   Fig. 16.

Fig. 15.

Fig.18.

Fig.19.

Fig.22.

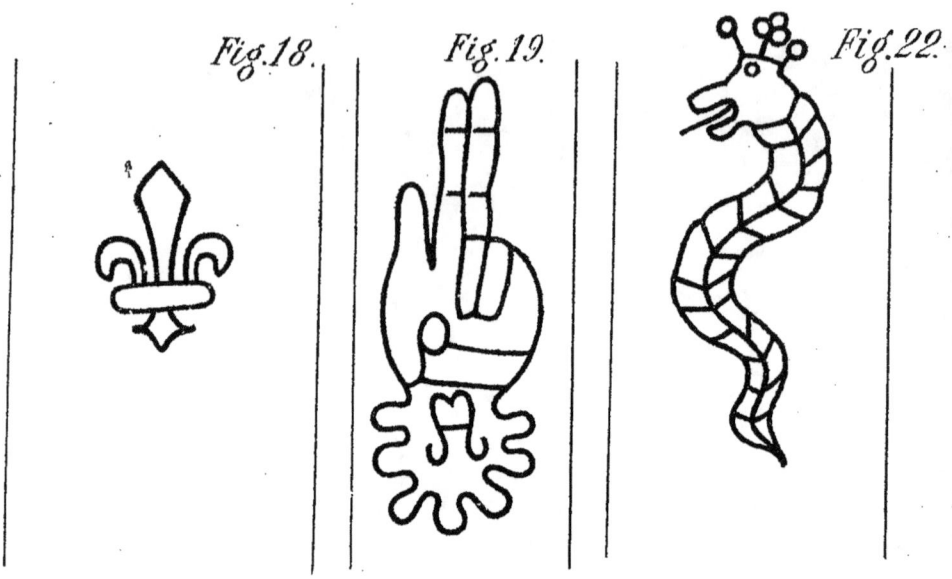

Fig.20.

Fig.21.

a b c d e f h i j i m
n o p q r s t u v

ſca eſt ſuma ioḣis anḋtec breuis · et
vtilis ordinata · ſup · ſcḋ; decretaliū
Anteꝗ dicaꝶ aliquid de proceſſu iudiciĩ
Eſt notanduʒ primo quid ſit iudicium
Iudiciuʒ eſt actus trium perſonaꝛum ſcʒ
aꝛtoris rei ꝛ iudicis · c · foꝛus de ꝟbo · ſig·
Et dicitur foꝛus a feria quia venitur ꝑ
feꝛias cauſaꝛum in conſiſtorio et etiaʒ cõ
ſiſtencium qui ſunt quinqʒ ſcʒ teſtis ab=
uocatꝰ actoꝛ aſſeſſoꝛ ꝑcuꝛator et audioꝛ
   Iubeꝶ ꝶ qui cauſam iudicat et dicitur
quaſi ius dans · vel a iuſticia · quia debet
eſſe iuſtus · alias nõ eſſet iudeꝶ ꝶꝶʒ
Tres ſunt ſpēs iudicis ſc · oꝛdinariĩ dele
gati ꝶ arbitri Oꝛdinariĩ ſūt qui ḣabént
ꝓpꝶ iuriſdictionē vt epĩ et archidiaconĩ
Delegati ſūt ꝗ iuriſdictiõe aliena vtunꝶ
vt qui dati ſunt iudices a domino ꝑꝑ · vl
delegato eiuſdem ·
Aꝛbitri ſunt in quos ꝑtes cõpꝛomittunt
Tꝛia ſūt que impediunt aliquem ne ſit
iudeꝶ ſcʒ natura · lep et mores ·
Vnde natura pꝛoḣibet perpꝶtuo furioſū
impuberem mutum et ſurdū eſſe iudices
   lep vero eꝶcomunicatum irꝶegularem
et ḣeꝛeticum ·

Fac-Simile du SUMMA JOHANNIS ANDREE.

A B C D E F G H I J   L M
P O P Q R S T V V X Y Z

Jncipit libellus de ludo ſcachoruz et
de dictis factiſqʒ nobiliũ virorũ pħorũ
et antiquorum prologus libelli;

    Vltorũ ordinis nr̃i et diuiſo
    rum ſcolaʒũ pcibꝰ pſu aſiꝰ.
    duoũ mun̄o reqſitũ negaui!
    vt tranſſenberē ſolacii luduʒ
ſcacħorũ. videlicet regimis modum .ac
belli hũani gn̄is dccũmētũ. Sane cũ iſ
lud ad publicũ declamatôie pdicaſſeʒ.
ml̃tiſqʒ nobilibus placuiſſet .m̄ honori
eoruʒ ac dignitati curaui aſcribē. Mon
ens eos! vt ſi foēs eorũ mēti inpſſerit.
bellũ ipm aclludi virtuutē cordꝰ poter
unt faciliter obtineri;

    Hũc at libellũ de moibꝰ hoĩz! ꝗ gr̃u
dem vita aurea/ꝗ de officiis nobiliũ.i.
nobiliter viuēcũ! ſcoʒ|ṽtutē ꝗ rationē
Sã placet intitulãe decreui.ꝗ vt ordina
eius in iſo pcedaʒ! añ opuſcl̃m B capi
tula iſto ppoſui! vt qꝗ m eo ſeqt̃ ple
nius eluceſcat. Sic ergo tractatibꝰ.iiii.
opuſculũ B noueris eſſe diſtinctũ;

    Primus ſiquidem tractatns! eſt de
cauſa inuencicins huius ludi;

    Scdus.de fôrmis ſcacorũ nobiliuʒ;
    Tecio! de fôrmis ꝗ officiis ppſariuʒ;
    Qrtus.ē de iſpotũ mõ pgrediendi;

Fac-Simile du LIBELLUS DE LUDO SCACHORUM.

A B C D E F G H
I L M N O P Q R
S T V V X Y Z

¶ Arreſtū q̃rele de n̄onis diſſayſinis nō venit in p̱
lamētis ſed q̃libet bayliu9 in ſua baylinia vocatis
ſecū probis viris adeat locus debati ⁊ ſine ſtrepitu
⁊ figura indicii ſciat ⁊ ſe informet ſi ſit nona diſſay
ſina impedimētū ſeu turbatio. Et ſi inuenerit ita eē
faciat ſtatim reſayſiri locum. ⁊ interim recipiat ad
manū regiā atqʒ noſtrā ponat ⁊ faciat ius partib9
corā ſe vocatis ⁊ cetera.

Arreſtū q̃rele. Notᴣter dicit q̃rele. qʒ nō
ex officio ſine p̱tis reqĩſitiōe ſʒ poti9 ad
p̱tis poſtulatiōz ſit. Sup nonis. Nouis
eſt quod nūq̃m alias fuit. de quo extra
de. v. ſig. c. q̃d p̱ nonale. Diſſayſinis. hoc enim nouū
ſbum in gallico eſt vulgare ⁊ idē ſonat quod ſpoli
atio. Nullus enim dici pōt diſſayſit9 ſeu ſpoliatus
niſi p̱us fuerit ſayſitus vᵉ in poſſeſſiōe rei de qua ſe
aſſerit ſpoliatū. de quo extra de reſti. ſpoll. c. ad de
cimas. li. vi. Et quādo dicitur quis ſayſitus. Dic vt
C. de procur. l. i. in prima q̃ſtiōe p̱ Cy. de cōdi inſer.
l. ſi ⁊ ures. v. iuxta p̱miſſa. Et ſayſina idē eſt quod
poſſeſſio. ⁊ ſic exponitur. C. de condi. ob tur. cau. l.
cauſam. circa p̱n. ibi ⁊ aliud eſt in argumētū. ⁊ etiā
p̱ Cy. Et q̃ ſūt dicta de ſbo diſſayſinis q̃ habēt lo
cū in ret ns corpalib9. vt. l. i. ff. ad acq̃. poſ. in p̱n. ea
dē ſūt dicēda de ſbis impedimentū ſiue turbatio q̃
in rebus incorpalib9 babent locū cū res incorpales
nō poſſideātur ſed corpales. vt. l. poſſideri. cum ibi
nota. ff. ad acq̃. poſ. Probis viris. debet enim in ta
lib9 index vocare probos viros ⁊ prudētes q̃ ſecū
ſint in informatiōe faciēda omm exceptiōe maiores
vt. l. p̱. ⁊. l. teſtiū. ff. de teſti. Et nota q̃ ſecū dū diſpo
ſitōz littere arreſti ſiue ſtatuti q̃rele et cetera primo

Incipit libellus de vita ⁊ moribus philosophorum ⁊ poetarum.

E vita ⁊ moribus philosophorum ve terum tractaturus: multa que ab an tiquis autorib⁹ in diuersis libris de ipsorum gestis sparsim scripta repe ri: in vnum colligere laboraui. Plu rima quoqz eorum responsa notabilia ⁊ dicta ele gantia huic libro inserui. que ad legentium conso lationez ⁊ morus informationez conferre valebunt.

De Thale philosopho. Capitulum .i.

Thales philosophus Asianus (vt ait Laer cius in libro de vita philosophorum) patre Examio/ matre deobulina/ ex ciuibus qui sunt phenices nobilissimi Athenis claruit. Hic primus sapiens appellatus est. secundum quem ⁊ septez sapientes vocati sunt. Fuit antez conscrip tus ciuis mileti. ideo Thales milesius dictus est. Hic post politicam: naturalis philosophie factus est speculator. ⁊ inuentor fuisse prse maioris ⁊ na turalis astrologie dicitur. Scripsit autem de con uersione ⁊ equinoctio. ⁊ prim⁹ inter philosophos dicitur de astrologia tractasse. Nec non ⁊ sola res eclipses ⁊ versiones predixit. Similiter ⁊ in ter philosophos primus dicitur a quibusdam po suisse animas immortales. ⁊ solis ac lune magni tudinem inuenisse. Primus de natura disputauit ⁊ inanimatis animas tradidit. conficiens ex lapi de magnete ⁊ electro. Ab Egiptiis geometriam didicit. In politicis vero optime consiliatus est.

La ymitaciõ Jhesu christ

Riens ne puys seigneur sans toy
penser parler de bien ouvrer
Pourtant apres toy tire moi
et ten suivray sans point errer

Si tu veus venir apres moy,
charge ta croix toy denyant,
tes concupiscences et toy,
m'ensuivras en mortifiant.

Le schele de paradis.

Sans toy fire riens ne puys
faire dire ne bien penser
las encores mondain suys
en toy seul fays moy repouser

cõteplaciõ

oꝛayson

meditaciõ

lecoñ

Se veuls ce monde mespriser en bis
moy ensuyr en fays en bis
per ces de gres poꝛas monter
au realme de paradis

fo.i.

Cy comance le liure treſſalutaire
de la ymitacio Jhesu chꝛiſt ⁊ meſ
pꝛiſement de ce monde. pꝛemiere
mēt compoſe en latin par ſainct
bernard ou par autre deuote per
ſone. atribue a maiſtre iehan ger
ſon chancelier de paris et apꝛes
tranſlate en francoys en la cite
detholouſe.

Ui me enſuit ne chemine point en
tenebꝛes. dit noſtre ſeigneur, ains
aura lumiere de vie. Ce ſont parol
les de iheſu chꝛiſt. par leſꝗlles ſon
mes amoneſtez deuſuiure tant que pourrons
ſa vie et facon de viure ſi nous voulons eſtre
vꝛayement illuminez et deliures de tout obſuſ
quement de cueur. ſoit donques noſtre eſtude
ſouuerain cogiter en la vie de iheſu chꝛiſt. car
ceſt celle qui ſeurmonte toutes les doctrines
des ſainctz. Et qui auroit leſperit de dieu Jl
trouueroit la vꝛaye manne illec cachꝛee mais
il auient que pluſieurs oyans bien ſouuant le
uangile peu de deſir y ſantēt pource quilz nōt

a.j.

La table.

Cy finist le liure dela ymitacion
ihesu christ. et mesprisement de
ce monde. imprime a Tholose
par maistre henric mayer alamã
lan de grace. Mil.cccc.lxxxviii.
Et le.xxviii.iour de May.

ffolio.ii.

Stilus curie parlamenti dñi noftri
regis per qué ftiluz oés curie fupreme
parlamenti tocius regni francie regū
tur ⁊ gubernãtur ac domini officiarū̃⁊
curiales eiufdem Editus a magiftro
Buillermo de brolio. feliciter incipit.

Uoniam hominum memoria labi-
lis eft vt no.iñ glo.L.iij.£. fi minor
fe ma.di.cum fimilibus.Et de ftilo
curie francie pauca reperiũtur. Et
dictus ftilus quandoc̓ diuerfificatus fuit ideo
pauca de ipfo in hoc libello compilaui et cum
maxima diuerfificatione expertorum in curia ⁊
diuerfificatorum. et maximo labore ad mecum
fùbtili cautela applicaui. Et ipfa per exempla
tradam vt fic non oporteat fi aliquid in dubiuz
reuocetur nifi ad regiftrū curie recurrere ad h̊
de   cū de nouo. Et de offi.dele.c.le.i.

De mõ et geftn aduocator.c.primũ

abeat aduocatus modũ ⁊ geftum matuꝛ
cum vultu leto moderate fit humilis ⁊ cu
rialis bm ftatum fuum retenta tamen auctorita
te: ftatus fui refrenet motum animi fui ab ira
cum partes tediabunt eum prenimio eloquio.
vel alias quoquomodo inftruat eas ne euz one

a .j.

El libro de propieta tibus rerum.

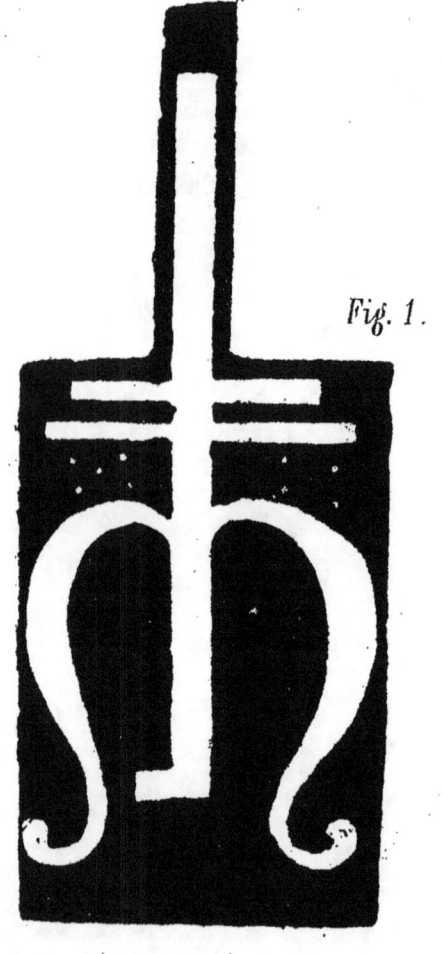

Fig. 1.

Fig. 2.

languedoc lettez publiees & entregistreez en la court
de palement de tholose. le. xxviii. iour d'auril L'an
mil. cccc. lxxxxi.

Charles par la grace de dieu roy de frã
re. A to⁹ ceulx qui ces pſentes lettres
Kerzõt ſalut. Cõme au pourchas⁊ iſtã
ce de no⁹ treſchiers ⁊ biẽ ames les gẽs
des trois eſtatz de noſtre pais de lãgue
dc nous ayons des piera ottroye keuz noz lettres
patẽtes de cõmiſſiõ/deſquelles les teneurs ſenſuy
uẽt. Charles p̃ la grace de dieu roy de frãce a noz
ames ⁊ feaulx leueſque dalby noſtre couſin/le ſei
gneur de chabãnes lieutenant de noſtre treſchier ⁊
treſame frere le duc de bourbonnois ⁊ dauuergne
gouuerneur de noſtre pais de lãguedc. Les ſires
de la Soulte ⁊ de tournon noz chambellãs.iehã deſ
norp cheualier treſozier de france.maiſtre guillau
me bricõnet general ſur le fait ⁊ gouuernemẽt de
toutes nous finances.le ſire du ſollier.maiſtre pi
erre de cohard noſtre aduocat eñ parlement a pa
ris.⁊ maiſtre guillaume maynier docteur eñ cheſ
cuñ droit/tous nouz conſeilliers ſalut ⁊ dilectioñ.
Cõme les gẽs des trois eſtatz de noſtre pais de lã
guedc no⁹ayẽt pluſeurs foiz fait ſupplier⁊ reque
rir ꝗ noſtre plaiſir fut faire dõner ozdre ou fait de
la iuſtice police ⁊ ẽtretenemẽt diceluy pais reparer
⁊ faire ceſſer to⁹abbuz exactiõs detrimẽs ⁊ dõmai
ges ꝗ noz ſubiectz ont pozte ⁊ poztẽt cheſcũ io⁹cãt a
cauſe de la grãt multitude ⁊ nõbze exceſſif des no
taires ſergẽs ⁊ autres menuz officiers qui ſõt au
dit pais/cõe au moyẽ des multiplicatiõs des pzoceſ
imoztelz ꝗ y affluẽt pzolicites des pzoces ⁊ pzoce
dures grãs eſcriptz fozme de pzoceder ou fait de

A ij

www.ingramcontent.com/pod-product-compliance
Lightning Source LLC
Chambersburg PA
CBHW070904030726
47504CB00005B/1450